詩詞之美 帶你讀

劃

王槤嫻 編著

② 2

走一趟文學大觀園：
怎樣閱讀這本書？

1. 本系列精選漢代至元代著名詩、詞、曲一百五十餘首，都是中國詩、詞、曲精品中的精品。本系列共分三冊，本書為第二冊，收錄唐宋詩五十首。

2. 本書主要目的在於引導讀者感受、體悟、欣賞、品鑒古典詩詞曲之美。並將感受、體悟、欣賞、品鑒所得，融入到自己的學習和生活，提高文化水平，提升人生修養。

3. 每首作品正文，分為兩個部分：【詩詞自己讀】目的在讀懂、讀通作品；【詩詞帶我讀】，包含相關文學知識、內容聯想、優美短文、金句品鑒、使用指導等，加深對作品的認識、欣賞和運用。

4. 每一首詩、詞、曲作品皆有原文與白話文翻譯的對照，以及字詞解析。

5. 【詩詞小知識】包括作者生平、撰寫背景、文體知識、擴展閱讀，為青少年讀者提供多種多樣、富於趣味的中華古典文化知識。

6. 【讀完想一想】在引導讀者讀原作的同時，聯繫實際生活，作些思考，抒發些感想。【金句學與用】以作品中膾炙人口的名句，點示出生命哲理與人文情懷。兩者尤其能豐富青少年讀者在成長中的人生體會，寫作學習中的文字的錘煉。

秦淮夜泊[1]

唐 杜牧

煙籠寒水月籠沙，
夜泊秦淮近酒家。
商女[2]不知亡國恨，
隔江猶唱後庭花[3]。

註釋

1. 夜泊：夜裏停泊在某地。
2. 商女：以賣唱為生的歌女。
3. 後庭花：指南朝陳後主創作的歌曲《玉樹後庭花》，由於陳後主荒淫無能，導致陳朝被隋所滅，這首歌也被當做亡國之音的代表。

這首詩詞講甚麼？

　　煙霧籠罩着寒涼的秦淮河，月光透過煙霧照着河邊沙灘。夜晚小船停泊在河邊靠近酒家的地方。歌女不懂得國破家亡的仇恨，隔着河還在唱着陳後主的亡國之音《玉樹後庭花》。

讀完想一想！

　　作者在這首詩中顯然是在批評一部分人，你認為他是批評歌女，還是在批評聽歌女表演的客人呢？

詩詞中的美景

　　夜晚，貫穿金陵的秦淮河依然汩汩流淌着。輕輕的煙霧籠罩着寒涼的河水，瀰漫升騰，那麼的迷離恍惚；月亮透過煙霧照耀着河邊，似乎給白色沙灘蒙上了一層銀色的薄紗，幽靜而又朦朧。

　　詩人的小船停泊在秦淮河靠近岸邊酒家的地方。他踏出船艙，站在船頭，聽到草叢裏蟲兒在叫，螢火蟲的光亮一閃一閃的。四周這麼靜謐，岸上人家多已進入夢鄉，燈火都熄滅了。

　　只有一家燈火通明，就是這岸邊的酒家。但見眾多達官貴人、鄉士豪紳，面對滿桌的美味佳餚。幾個歌妓，正唱着《玉樹後庭花》這首歌。

　　詩人聽到這靡靡之音，內心不由得一驚，哎呀呀，那歌妓所唱的，不正是南北朝末期南方的陳後主當年荒淫無度，日夜尋歡作樂而唱得最多的那一支歌嗎？陳朝不久便亡國了。

　　詩人見此情此景，心中不禁憤怒悲傷起來。

　　他想起當今大唐盛世已去，國難當頭，這幫官宦竟然夜夜歌舞昇平，淫亂狂歡，真正豈有此理！莫不是大唐就要步陳朝後塵了嗎？

　　真的是：「商女不知亡國恨，隔江猶唱後庭花」啊！詩人轉念又想：「不知亡國恨的，豈止是商女啊！？」

詩詞小知識

　　秦淮河是長江的一條支流，古稱龍藏浦，它絕大部分河道從南京市內部經過，是南京最重要的河流。位於市內的內秦淮河河道近 5 公里（大約 10 里），因此得名「十里秦淮」。在中國古代，它是南京城最繁華的地區，有石頭城、夫子廟、桃葉渡、烏衣巷、朱雀橋等著名歷史文化地標，古來文人墨客，留下了許許多多的詩詞歌賦，以下擷取兩首供拓展閱讀：

石頭城
唐　劉禹錫

山圍故國周遭在，潮打空城寂寞回。
淮水東邊舊時月，夜深還過女牆來。

春江花月夜詞
唐　温庭筠

玉樹歌闌海雲黑，花庭忽作青蕪國。

秦淮有水水無情，還向金陵漾春色。

楊家二世安九重，不御華芝嫌六龍。

百幅錦帆風力滿，連天展盡金芙蓉。

珠翠丁星復明滅，龍頭劈浪哀笳發。

千里涵空澄水魂，萬枝破鼻飄香雪。

漏轉霞高滄海西，頗黎枕上聞天雞。

鸞弦代雁曲如語，一醉昏昏天下迷。

四方傾動煙塵起，猶在濃香夢魂裏。

後主荒宮有曉鶯，飛來只隔西江水。

金句學與用

商女不知亡國恨，隔江猶唱後庭花。

　　這兩句詩，後來成為文人指責統治者醉生夢死，不知關
注國計民生的常用典故。宋代王安石的《桂枝香·金陵懷古》
中寫道：「念往昔、繁華競逐。歎門外樓頭，悲恨相續。千古
憑高對此，謾嗟榮辱。六朝舊事隨流水，但寒煙、芳草凝綠。
至今商女，時時猶唱，後庭遺曲。」即是對杜牧這首詩著名的
化用了。

赤 壁

唐　杜牧

折戟沉沙鐵未銷[1]，
自將磨洗認前朝[2]。
東風[3]不與周郎便，
銅雀[4]春深鎖二喬。

註釋

1. 銷：鏽蝕。
2. 認前朝：認出（這支戟）是從前赤壁之戰的遺物。
3. 東風：這裏指的是東南風起火燒赤壁的典故。
4. 銅雀：即銅雀台，曹操在今天河北地區建造的一座華麗建築。相傳三國時期，曹操擊敗袁紹後營建鄴都，修建了銅雀、金虎、冰井三台，其中銅雀台傳說是曹操見到土裏冒出金光而掘出一隻銅雀，荀攸言昔舜母夢見玉雀入懷而生舜，今得銅雀亦是吉祥的徵兆，於是曹操建銅雀台以紀念此事。

折斷的鐵戟沉在水中的沙子裏許多年，我把它磨洗乾淨，認出是赤壁之戰遺留下來的兵器。假如當年不是借助於東風的力量，那麼，勝利的可能就不是東吳，大喬、小喬就會被曹操鎖在銅雀台了。

1. 中國的文人詠史，常常會因為看到一件古物有感而發。大家去參觀博物館見到文物時，會想些甚麼呢？

2. 你知道這首詩背後的《三國演義》故事嗎？試着和同伴講一講。

詩詞中的美景

　　話說在武昌的赤磯山，有人從江水中沙子裏發現一支鐵戟。鐵戟已經折斷，且鏽跡斑斑，但還沒有完全腐蝕壞掉。

　　詩人正好在這一帶遊歷，遇有機會，拿到了這支鐵戟。他仔細地磨拭擦洗一番之後，鐵戟光亮如新。他最終辨認出是六百年前赤磯山的赤壁之戰中遺留下來的一件兵器。

　　詩人本就滿腹的詩情畫意，思古幽情更是一觸即發。當他手裏拿着這麼一件寶物時，腦子裏就湧現出赤壁之戰的場景：

　　那是漢末建安十三年十月。周瑜是孫吳軍隊的統帥，他想用火攻的戰術，攻擊比自己的軍隊人數多得多的曹軍，而當時恰好天公作美，颳起了東風，這才使他遂了心願，大獲全勝。這樣孫權、劉備就聯手擊敗了曹操。

　　古戰場上那種將士身披鎧甲、戰馬嘶鳴、刀戟相見的豪壯悲涼的場面，此時就出現在他眼前了。

　　如今，歲月如梭，英雄豪傑攪動的歷史風雲，都隨風而去了。

　　詩人不禁感歎：若是當年周瑜沒有上天助他一臂之力，那麼

火攻就不可能成功。曹操勝利了，整個的江山社稷、黎庶百姓的生活，勢必隨之大變，那樣的話，東吳美女「二喬」的命運將會怎樣呢？

天下人全都知道：這大喬乃孫權的兄長孫策的夫人；小喬乃大將周瑜的夫人，史稱「二喬」。

再說曹操曾在河北臨漳縣設置一處供他作樂的「銅雀台」。銅雀台高聳華麗。那裏住着許多的歌姬小妾。

這要是孫權、劉備、周瑜打了敗仗，則二喬難逃這麼一劫：被驕恣跋扈的曹操擄去，金屋藏嬌，鎖在那銅雀台上，備受侮辱了。

這就是有關「折戟沉沙」的一段歷史，和詩人豐富的想像了。

英雄美人，江山社稷，其實都和「天時地利」有着深厚的關係啊！

詩詞小知識

赤壁位於今天湖北省赤壁市西北，是三國時期赤壁之戰（208年）的古戰場。我們熟悉的小說《三國演義》中，描寫孫劉聯軍借助東南風，火攻大敗曹操兵馬，奠定天下三分之勢，讀來令人拍案叫絕。古往今來，文人墨客遊覽赤壁，留下了不少名篇佳句，在本系列之後的內容中，我們將會讀到蘇軾著名的《念奴嬌·赤壁懷古》。而唐代另一位著名的詩人李白，也曾留下赤壁詠史的詩篇：

赤壁歌送別

唐 李白

二龍爭戰決雌雄，赤壁樓船掃地空。
烈火張天照雲海，周瑜於此破曹公。
君去滄江望澄碧，鯨鯢唐突留餘跡。
一一書來報故人，我欲因之壯心魄。

金句學與用

東風不與周郎便，銅雀春深鎖二喬。

這是作者對赤壁之戰如果不按照歷史記載發展而作出的推斷，反過來說明了正是因為一陣合時東風，令周瑜擊敗曹軍，確定三分天下之勢。這裏充分體現了作者的歷史想像，抒發了他對古事的觀點和情緒。

秋 夕

唐　杜牧

銀燭秋光冷畫屏，
輕羅小扇[1]撲流螢[2]。
天階[3]夜色涼如水，
坐看[4]牽牛織女星。

註釋

1. 輕羅小扇：絲綢製作的輕巧團扇。
2. 流螢：在空中飛動的螢火蟲。
3. 天階：露天的石頭台階，也有說法稱這是天子住處的宮中台階，所以稱天階。
4. 坐看：坐着仰望。

這首詩詞講甚麼？

秋天的夜晚，白色蠟燭微弱的光照在有着美麗圖案的屏風上，給屏風添上幾分幽寂的感覺。手拿薄薄的絹扇的宮女，撲打着飛舞的螢火蟲。深夜很冷，宮女仍然沒有進屋，她坐在皇宮台階上。抬頭看着牛郎織女星。

讀完想一想！

1. 詩中的女主人公懷着怎樣的情緒呢？

2. 為甚麼詩中提到秋日的星星，要特別指出是牽牛星和織女星？

詩詞中的美景

　　一個秋日的夜晚，寒氣逼人，人們都早早地進屋休息了。可是在皇宮，一個寂寞的宮女卻滿腹心事，不肯進屋。

　　她坐在一扇屏風前。白色蠟燭正燃着，微弱的光照着屏風，上面的圖案斑斑駁駁，忽明忽暗的，顯得十分幽寂。

　　宮女覺得心裏壓抑，於是她步出房門，來到庭院。

　　庭院裏長滿了野草，開始變得枯黃。忽然她發現一群螢火蟲在草叢中飛舞，亮晶晶的，那麼活潑潑的招人喜愛。宮女手拿薄薄的絹扇，一下一下地撲打着螢火蟲。似乎這些小精靈給她帶來了很多快樂。

　　這也難怪，自她進宮以來，就一直在這裏，深深的院落像囚牢，鎖住了她的自由，她的青春。

　　門前冷落，院裏雜草叢生。除了和這些小精靈打鬧着玩耍，她又有甚麼可做的？

　　夜深人靜了，今夜星光燦爛。

　　宮女坐在皇宮裏的台階上，抬頭看着已升到中天的月亮。

四周寒涼之氣愈發濃重，月兒似乎也發出冷峭的光。

宮女仍然未回到屋裏去，她繼續坐在冰涼的台階上，望着星星。那銀河內的星星真是繁多，密密麻麻數也數不清。

她找到了牛郎織女星，她出神地望着這兩顆星星，心裏浮想聯翩。

詩詞小知識

本詩屬於「宮詞」的題材，主要講的是古代帝王宮廷的日常瑣事，常常體現出深宮之中宮女幽怨壓抑、身不由己的心緒，或者失寵妃嬪憂鬱寂寥的感情。這類題材文辭婉麗，表達了女性細緻的情思，以及封建制度對女性的禁錮。

詩中出現了絹扇和牽牛織女星兩個意象。絹扇是夏天搧風的工具，到了秋天天氣變涼就沒用了，因此有「秋扇見捐」的成語，比喻嬪妃失寵或女子遭到丈夫拋棄。而牽牛星和織女星又被稱為「雙星」，常和七夕、秋夜聯繫在一起，用來比喻夫婦。宮詞題材詩歌中經常出現這個意象，以牽牛織女夫婦七夕團聚，或者雙星分列銀河兩岸，對比或呼應宮中女子的孤寂。

天階夜色涼如水，坐看牽牛織女星。

孤身在深宮裏面是多麼寂寞淒涼啊，但是詩中的宮女仰望牽牛星和織女星，雖然幽怨孤獨，卻仍然嚮往着美好的愛情。正如李白的《玉階怨》寫到：「玉階生白露，夜久侵羅襪。卻下水晶簾，玲瓏望秋月。」女主人翁沒有直接表達自己的情感，但通過自己的動作和觀照的對象，含蓄委婉地抒發了詩情。

寄揚州韓綽判官

唐　杜牧

青山隱隱水迢迢[1]，
秋盡江南草未凋。
二十四橋[2]明月夜，
玉人何處教吹簫？

註釋

1. 迢迢：指江水流淌得遠。

2. 二十四橋：有人說指的是揚州的二十四座橋，也有人說是揚州城內一座名為
   二十四橋的橋樑，因為古代曾經有二十四位美人在橋上吹簫而得名。

青山逶迤，連綿不斷，遠望隱隱約約的。江水流瀉千里。已是晚秋時節，遙想江南仍是草木常綠花常開，沒有蕭瑟的景象吧。揚州的二十四橋上，月明之夜，你這可愛的人啊，在教哪一位歌妓學吹簫呢？

1. 這首詩描寫的揚州，是怎樣的一座城市呢？

2. 為甚麼作者在這裏會提到美人吹奏簫呢？它在詩中起到了甚麼作用？

詩詞帶我讀

詩詞中的美景

　　江南的揚州啊，文人墨客盡顯風騷之文化名城；商賈雲集、交通四通八達之繁華鬧市。那裏風光旖旎，一年四季樹長青、花常開，絕美的景色啊，天上人間！

　　揚州的青山透迤不斷，連綿起伏，與天際相連。近看山巒青翠欲滴，遠望雲霧繚繞，若隱若現。

　　揚州的水啊，迢迢千里之遙，或於平疇緩緩流淌，或繞山而激流奔湧，清澈透明，清流如絲帶。

　　我在揚州的時候，和朋友韓綽常一起飲酒論詩，賞玩景物。那韓綽，風流倜儻，才學豐厚，我和他也算得上是親密的摯友呢！

　　現在，我遠離了揚州，但揚州的風光卻使我時常懷想留戀，和韓綽在二十四橋與歌妓舞女度過的那些時光，曾是何等的逍遙快樂啊！

　　「天下三分明月夜，二分無賴是揚州」。揚州，豈止是山青水秀，風姿綽約，那才子佳人，風流佳話也傳聞天下呢！

　　我這裏時令已到深秋，正是「無邊落木蕭蕭下」，「草木搖落

露為霜」的凋零風貌了。而揚州，仍是草木茂盛鮮花盛開，一派常青常綠的繁茂美景。

那麼，當月兒照耀着揚州，銀輝灑在二十四橋上，那些仙人玉女，歌館樓台，弦管爭鳴，笙簫齊放的美妙時刻，你正在教哪一位美人學吹簫呢？

我已經聽到了那悠揚的簫聲飄揚在二十四橋明月夜的上空，繚繞於綠水青山之間。啊，何其美妙，多麼的令人迴腸蕩氣！

詩詞小知識

人們常說「春風十里揚州路」「煙花三月下揚州」，由於位於京杭運河的要衝，風景秀麗的揚州成為了商賈雲集、文人趨之若鶩的名城。二十四橋與明月的意象，自杜牧賦詩之後，也常常出現在後世的詩文裏，成為了揚州的一個標誌。

過揚州

唐 - 五代 韋莊

當年人未識兵戈，處處青樓夜夜歌。
花發洞中春日永，月明衣上好風多。
淮王去後無雞犬，煬帝歸來葬綺羅。
二十四橋空寂寂，綠楊摧折舊官河。

揚州慢 淮左名都

南宋 姜夔

序：中呂宮淳熙丙申至日，予過維揚。夜雪初霽，薺麥彌望。

入其城，則四顧蕭條，寒水自碧，暮色漸起，戍角悲吟。予懷愴然，感慨今昔，因自度此曲。千岩老人以為有《黍離》之悲也。

淮左名都，竹西佳處，解鞍少駐初程。過春風十里。盡薺麥青青。自胡馬窺江去後，廢池喬木，猶厭言兵。漸黃昏，清角吹寒。都在空城。

杜郎俊賞，算而今、重到須驚。縱豆蔻詞工，青樓夢好，難賦深情。二十四橋仍在，波心蕩、冷月無聲。念橋邊紅藥，年年知為誰生。

望揚州

宋 文天祥

阮籍臨廣武，杜甫登吹台。
高情發慷慨，前人後人哀。
江左遘陽運，銅駝化飛灰。
二十四橋月，楚囚今日來。

木蘭花慢 燈夕到維揚

元　白樸

壯東南形勝，淮吐浪、海吞潮。

記此日江都，錦帆巡幸，汴水迢遙。

迷樓故應不見，瓊花、底事也香消。

興廢幾更王霸，是非總付漁樵。

誰能十萬更纏腰。鶴馭盡飄飄。

正繡陌珠簾，紅燈鬧影，三五良宵。

春風竹西亭上，拌淋漓、一醉解金貂。

二十四橋明月，玉人何處吹簫。

金句學與用

二十四橋明月夜，玉人何處教吹簫。

　　古橋月夜在視覺上是寧靜美麗的，美好的人吹奏簫管，樂聲悠揚在聽覺上是動人的。短短兩句話，融合了視聽的感受，很好地體現了揚州的景物與人的風流優雅，不愧被文人們評價為「千古麗句」。

山 行[1]

唐　杜牧

遠上寒山石徑斜，
白雲生處有人家。
停車坐[2]愛楓林晚，
霜葉紅於二月花。

註釋

1. 山行：在山中行走。
2. 坐：因為。

深秋，我沿着山上一條
彎彎曲曲的小路往上而去。
遠望，高山頂上白雲繚繞的地
方，有幾戶人家。我走到一片楓樹
林，停下來觀賞，十分喜愛。這是
因為那漫山遍野的楓葉，比早春二
月的鮮花還要紅豔。

你有否在秋天行山遠足？如果
有，請描述一下自己沿途所見，以及
喜歡的景物。

詩詞帶我讀

詩詞中的美景

　　深秋，天氣漸漸涼爽，寒意越來越濃。然而秋天的風景是獨特而美麗的。我有心登上山，去賞玩一番秋景，不得不添加了保暖的衣裳，就驅車出發了。

　　我要登上的這座山，是座高峰。一條小路彎彎曲曲一直通往頂峰。此刻，我就沿着小路往上而去。這座山，林木茂密，我發現不少樹葉已經變黃枯萎，紛紛下落。我的心情也隨之低落，而有感於寒冷的冬季即將來臨。美麗的春天早已過去，那百花齊放五彩繽紛的熱鬧景象要等到來年再見了。

　　我抬頭向上望過去，呀，在那高高的山頂上，白雲繚繞，隱隱約約的露出幾座房屋，有人家住在那山頂啊！真是奇妙！

　　正當我遺憾沒有可欣賞的美景時，猛然間眼前一亮，一大片楓樹林如同團團火焰，就在前面迎接我呢！

　　誰說只有春天的花兒最豔麗？這漫山遍野如火的楓葉，像晚霞一樣，映紅了天空，此時此刻此地，除了這紅彤彤的天地，我似乎看不到另外的風景了。

楓葉流丹，在這寒涼的高山上，注入了野性的無可阻擋的朝氣蓬勃的生命！

　　啊，楓樹，你如此地震撼了我！給予我驚喜。不知甚麼時候，我已經停下車，站在這片楓林面前了。

　　我坐在石頭上，呆呆地望着，驚歎不已，本以為秋是個凋零的季節，卻原來這麼美，我不禁陶陶然迷醉了。

　　你這緋紅的秋色，遠望你美如紅雲，燦若紅霞！近觀，片片帶霜的紅葉，勝似二月的鮮花！

　　秋是枯萎、是零落、是衰微嗎？非也！就在寒冬即將來臨，白雪由天而降的前夕，楓葉用了蘊藏的極美極強的不可小覷的力量，展示了蓬勃的生命力！

　　秋，我讚頌你！我無盡地欣賞喜愛你，豔美的秋！

詩詞小知識

　　我們都知道植物的葉子含有葉綠素，但有其中一些植物的葉子中含有讓葉子呈現出紅色的花色素苷，等到秋天氣溫濕度下降，葉綠素分解，就會出現紅葉。杜牧的這首詩描寫了秋天山中觀賞紅葉的景象，「霜葉紅於二月花」有一種在蕭瑟秋風裏積極向上的意味。對比王維下面這首詩，試着說說兩首詩中的山景與紅葉有甚麼不同。

山中
唐　王維

荊溪白石出，天寒紅葉稀。
山路元無雨，空翠濕人衣。

金句學與用

霜葉紅於二月花。

　　這句詩可謂是秋天描寫紅葉美景的金句，既體現出楓葉在秋天鮮紅的色彩特徵，又寄寓了作者對紅葉旺盛生命力的讚美，表達出昂揚的精神。我們在相應季節的寫景描寫文中，可以在適合的地方引用這句。

江南春

唐　杜牧

千里鶯啼綠映紅，
水村山郭[1]酒旗風。
南朝[2]四百八十寺[3]，
多少樓台煙雨中。

註釋

1. 郭：外城、城鎮。
2. 南朝：指420年－589年中國南方上接兩晉，下接隋王朝，與北方政權相對的宋、
   齊、梁、陳四個朝代。
3. 四百八十寺：因為南朝的皇帝和貴族官僚崇信佛教，所以在京城建康（今天的南
   京）等地建造了很多佛寺，這裏的「四百八十」就是虛指佛寺之多。

這首詩詞講甚麼？

千里江南廣闊的大地上，黃鶯啼鳴，樹木綠綠的，映襯着紅紅的鮮花。村莊旁小河流淌，城郭依傍着大山。小酒店酒旗飄揚。南朝曾建造過如此多的寺廟啊，金碧輝煌的佛寺殿宇，在迷濛的煙雨中忽隱忽現。

讀完想一想！

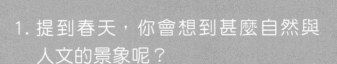

1. 提到春天，你會想到甚麼自然與人文的景象呢？
2. 為甚麼詩人會在這裏突然提到幾百年前的建築？

詩詞中的美景

　　廣闊的江南大地，風光多麼秀麗啊！林木茂密、鮮花繁盛，小河潺潺奔流不息，山色青青逶迤不斷。

　　尤其是江南的春季，黃鶯在樹上跳躍，歡快地啼鳴。綠綠的樹木映襯着紅紅的鮮花，多麼的迷人！

　　數不清的村莊旁小河潺潺，奔流不息，滋潤着萬畝良田，養育着百姓的休養生息。高山青青逶迤不斷，環抱着城郭座座。小酒店星星點點地點綴着美麗的江南。酒旗迎風招展，上面的名字也美妙：「杏花村」「醉玲瓏」……真的是未飲先醉了。

　　那「山重水複疑無路，柳暗花明又一村」，即是江南絕佳的寫照。

　　江南不僅風物繁榮，景色秀麗，更有歷史遺留下來的眾多佛家廟宇。金碧輝煌的殿宇樓台，在山色空濛的煙雨中忽隱忽現，彷彿神仙境界一般，深邃迷離。

詩詞小知識

　　杜牧的這首詩，可以說是寫景，也可以從最後兩句認為這是詠史之作。杜牧的詠史詩特點鮮明，成就突出，他的這類詩歌並不是直抒胸臆地表達自己臧否人物事件的態度，而是從別出心裁的角度入手，以委婉的風格撰寫而成。杜牧詠史詩的很大一個特點，就是看似講述掌故，憑弔古跡，實際上是借景論事。比如之前講過的「東風不與周郎便，銅雀春深鎖二喬」，還有《過華清宮》絕句中的「一騎紅塵妃子笑，無人知是荔枝來」，無論是評價還是諷喻，都措辭委婉，意蘊含蓄。

金句學與用

南朝四百八十寺，多少樓台煙雨中。

　　這兩句詩，也是中國文學含蓄委婉，意蘊悠長的特點體現。南朝至詩人的唐王朝，歷經了許多年，詩人是真的見到了煙雨濛濛中華麗精巧的建築嗎？還是說建築已經毀於戰亂，詩人是在抒發懷古幽情？抑或是他藉着南朝大興佛寺的掌故以古喻今？我們沒有統一的答案，只有自己去慢慢品味。

嫦娥

唐 李商隱

雲母屏風燭影深[1]，
長河[2]漸落曉星[3]沉。
嫦娥應悔偷靈藥，
碧海青天夜夜心[4]。

註釋

1. 燭影深：指燭光在雲母屏風上變得黯淡。
2. 長河：銀河。
3. 曉星：晨星，也有人指這是啟明星。
4. 夜夜心：每一夜都感到孤單寂寞。

這首詩詞講甚麼？

室內雲母屏風上，殘燭的光影越來越黯淡。屋外長夜即將過去，長長的銀河已逐漸斜落，晨星也逐漸隱沒低沉。我已經又度過了一個不眠之夜，想到月亮上的嫦娥，她也許會悔恨當年偷吃了不死的靈藥，如今空對着青天碧海，每夜都感受着孤獨寂寞吧。

讀完想一想！

1. 你知道嫦娥偷藥奔月的傳說嗎？

2. 為甚麼詩人說嫦娥偷藥奔月以後，產生的情感是「悔」呢？

詩詞中的美景

　　屋內的燭光越來越黯淡，華麗的雲母屏風上也籠罩着越來越深，越來越暗的影子，愈發顯得清冷寂寞。室外天將破曉，陪伴沒有入睡的主人翁的銀河即將消失，連拂曉的晨星也將沉落，又一個孤零零不眠夜過去了！

　　寂寥難眠的主人翁看到明月，聯想到神話傳說中獨居月宮的仙子嫦娥。她偷吃了西王母送給后羿的不死藥，奔月成仙，雖然從此不老不死，但卻再也無法接觸到人間煙火了。在主人翁眼裏，嫦娥的處境和心情不正和自己相似嗎？她想必也懊悔當初吃了不死藥，以至於只能年年夜夜面對碧海青天，獨自唱歎吧。

詩詞小知識

　　嫦娥奔月是中國人非常熟悉的上古神話，雖然歷朝歷代的版本在細節上有所出入，不過故事主幹都是嫦娥吃了丈夫后羿從西王母那裏得到的長生不老藥，獨自飛到了月宮當中。由於她和月亮從此緊密聯繫在一起，歷代詩詞提到月亮、中秋等題材時經常就會用嫦娥來指代。

　　同時，因為嫦娥孤零零住在冰冷幽寂的月中廣寒宮，詩人們也將自己的情感附會到這位美麗孤獨的仙女身上，感懷抒情。以唐詩為例，李白在《宮中行樂詞》中寫「莫教明月去，留着醉嫦娥」，在《把酒問月》中寫「白兔搗藥秋復春，嫦娥孤棲與誰鄰。今人不見古時月，今月曾經照古人。古人今人若流水，共看明月皆如此。唯願當歌對酒時，月光長照金樽裏」，以孤獨長生的嫦娥反襯人生短暫，應當立足現實，及時行樂。除此之外，因為嫦娥居於月宮遠離人世，唐代的詩人們還借嫦娥形象思念遠在他鄉的親人愛人，抒寫自己孤獨寂寞、尋求高潔不流世俗的道德形象。

嫦娥應悔偷靈藥，碧海青天夜夜心。

詩人說的是神話中的仙女嫦娥，實際上也在用嫦娥指代自己。寫下這首詩時，詩人深陷骯髒污濁的朝廷黨爭，他在精神和道德上追求高潔脫俗，卻因此在現實中愈發孤獨。他自賞自傷，不甘同流合污，又難忍寂寞，這種矛盾的心態，藉嫦娥的神話故事抒發出來，仙界與人間，傳說與真實，就這樣巧妙地融合在了一起。

詩詞
自己讀

題都城南莊

唐　崔護

去年今日此門中，
人面桃花相映紅，
人面[1]不知何處去，
桃花依舊笑[2]春風。

註釋

1. 人面：指女性美麗紅潤的面孔。詩中兩處出現「人面」，第一次指女性的面容，
　　第二次則指代有着美麗容顏的人。
2. 笑：形容桃花在春風中盛開的樣子。

這首詩詞講甚麼？

　　去年的今天，就在這個小院裏，姑娘嬌媚的面容和殷紅的桃花相互映襯。今年的同一日，我又來到這裏，不見了那美好的容顏，只見桃花依然含笑在春風中怒放。

讀完想一想！

發揮想像，為這首詩寫一個後續的故事。

詩詞帶我讀

詩詞中的美景

　　一介書生崔護，赴都城長安趕考，未中，甚覺失落。值春日，獨自往城南南莊賞玩散心。一路上春光濃郁，百花齊放，他抑鬱的心情，頓時覺得開朗些了。

　　只見那桃花紅得醉人，杏花粉嫩得嬌豔，柳絲飄飄搖搖；那和風啊，吹得他飄飄欲仙。他彷彿預感到今天會有甚麼美好的事情，幻夢般的發生。

　　這萬物萌發的時令，青年才俊崔護對生活充滿了嚮往和期望。

　　他就這麼一邊陶醉於美景欣賞之中，一邊自我歎息：「唉，可憐我至今孤單一人，又名落孫山，面對如此大好時光，竟然於蹉跎中度過！」

　　他慢慢地走啊走，無意間停步在一處花木掩映的柴門近處了。這是一個小院，院內並排着幾間茅屋。柴門被一簇簇薔薇團團圍住。茅屋兩旁各有一株桃樹，正盛放着殷紅的花，在春風駘蕩中越加顯得嬌冶豔麗。

　　只是柴門緊閉，全然無聲無息，似乎裏面無人居住。一種神祕感籠罩着小院。

　　崔護目睹此狀，頗為好奇。他不禁移步到柴門前，舉手輕輕叩擊許久，才見一少女裊裊婷婷地由屋裏走出，來到柴門前，從門縫中輕輕問：「是誰？」崔護答：「尋春獨行，口渴求飲。」

　　少女轉身取來一杯水，打開門，遞與崔護，然後斜斜地依靠着一株桃樹，久久地注視着書生飲水。

　　她那眉目啊，含情脈脈；她那斜倚桃樹的身段，分外動人。

　　崔護手捧水杯，卻無意飲水，但覺心潮起伏，欲言又止。他也雙目含情，默默地注視着少女。

　　少女着一身樸素的羅裙，裙下微露一雙靈巧的小腳，動也不動地，痴痴地看着書生。她依傍的桃樹，正綻開了一樹深紅的桃花，而少女姣好的面容，與桃花兩相輝映，真的不知少女是桃花？抑或桃花是少女了？有桃花的襯托，那少女面龐更加的嫵媚動人、情意深切了。

　　這麼過了好一會兒，書生終於按捺不住，開口問：「姑娘芳齡多少？家中尚有何人？」

　　姑娘仍含笑不語，只是注視着他，彷彿有千言萬語要傾訴，卻不知由何說起，萬千思緒都化作了眼波流轉。那雙目流光溢彩，道不盡的言語盡在其中。真的是：窈窕淑女，君子好逑。

　　崔護此時已經進入夢幻般的情境中去，腳下也像是千斤重似的挪不開步了。當他終於從迷離恍惚中清醒過來，有些覺得失態，便將杯中水一飲而盡，將杯子雙手遞與姑娘。

　　姑娘這才起步，送他到門外，並無言語，卻見她一轉身就進了屋，就像是不忍心和書生別離，又萬般無奈。

　　時光飛快地流轉，崔護無一日不思念着那姑娘。她的倩影已經深深地刻在他心裏了。以至於他覺得此種春之豔遇就像在夢中一樣。那位娉娉婷婷的如花少女，也和仙女一般，使他無法忘記。

　　但這一年，他雖思念不斷，卻難以舉步再去南莊，輕叩柴門，再討水喝。這件事實在於不經意間來得偶然，他因此心裏感到欣喜卻難以啟齒。

　　直到滿滿一年之後，又到了見到姑娘的那一天，依然是春光燦爛百花齊放的季節。崔護終於鼓起勇氣決然前往，站在了那一扇門前。因為他就要離開長安返回故鄉去了。

　　薔薇花依舊爬滿了柴門和周圍的籬笆。他輕叩柴門許久，也不見有人來開門。然後他猛然看見，門上有一把鎖，分分明明鎖住了整個院落。

　　人去院空，小院的桃花一年一度地又盛開了，依然鮮豔奪目。可是那斜倚桃樹、含情凝睇的姑娘，卻不知去哪裏了。那豆蔻年華的青春少女，那竟然把桃花都映襯得越加殷紅了的面龐，如今再也見不到了。

　　崔護那種難過與悔恨，自不必說了。於是，他當即題詩一首於那柴門上，就是這《題都城南莊》。

詩詞小知識

　　本詩中這個令人悵然若失的故事其實還有一段完整的結尾，它最早記載於唐代孟棨《本事詩·情感》，後來被整理收錄於北宋年間李昉等人編撰的《太平廣記》。故事寫到崔護沒有成功與前一年邂逅的少女再見面，便在她家門上題下《題都城南莊》這首詩。過了幾天再去那家看，有個老翁自稱少女的父親，說女兒思念崔護一年，見到門扉上的詩知道與他錯過，傷心而死。崔護見到少女的屍體也悲痛不已，對她呼喚「我來了！」，於是兩人的愛情感動上天令少女復活，有情人終成眷屬。

　　後來人們用「人面桃花」形容女子的面容如桃花般美麗，也泛指心中愛慕而不能再見的女性和因此產生的惆悵之情。

金句學與用

人面不知何處去，桃花依舊笑春風。

　　這兩句詩是這個傳奇故事的結尾，春天的桃花還在，心儀的人已經不見蹤影。兩相對比，傳達了作者悵惘的情愫。

蘭溪棹歌

唐　戴叔倫

涼月[1]如眉掛柳灣，
越中山色鏡中看。
蘭溪三日桃花雨[2]，
半夜鯉魚來上灘。

註釋

1. 涼月：新月。
2. 桃花雨：指江南地區春天桃花盛開季節下的雨。

寒涼的新月彎彎掛在柳梢頭。水面像一面鏡子，映出月兒和吳越之地青山的倒影。蘭溪三日的春雨後，夜半喜愛新雨的鯉魚爭着湧上淺灘。

1. 請用三至五個形容詞，描寫這首詩春景的氛圍。

2. 作者在這裏專門提到春雨後的鯉魚，有甚麼意圖呢？

詩詞帶我讀

詩詞中的美景

　　浙江有條溪水，名蘭溪。蘭溪兩岸有青山，岸邊排排楊柳，好一幅秀美的山水畫圖。

　　三日的春雨過後，涼爽宜人。溪水漲滿，依然清澈見底。青山巍巍，越加秀麗青翠。岸柳成行，綠絲條似的，飄飄然地盪悠悠。

　　待到一彎眉月冉冉升起，天空那麼清朗明淨。彎彎的月亮掛在柳梢頭。細長的柳絲悠悠地飄拂，些許柳條輕觸水面。

　　青山、月兒、柳樹的倒影映在水面上，光影搖曳，參差流動。空濛的水光山色，迷人的月亮，溪水猶如一面鏡子，映出一幅幽雅，寧靜而又空靈的靜夜山水圖。

　　那鯉魚啊，整日在溪水中戲水游弋，被春雨撩撥得半夜時分爭先恐後成群地湧上淺灘，搖擺着尾巴，劈劈啪啪地蹦蹦跳跳。此時，山水似乎也動情，更顯出月夜中朦朧的美來了。

戴叔倫曾在浙江任東陽令，因此人們認為這首詩就是他在任上寫的。

蘭溪是縣名，亦是水名。蘭溪縣城位於浙江省中西部，北魏酈道元的《水經注》中記載：「蘭溪蘭蔭山多蘭蕙」，唐代蘭溪更因盛產蘭花聞名。蘭溪的蘭江位於錢塘江中上游，由婺江、衢江匯聚而成，是古代浙江中部重要的水道和商業樞紐。直到今天，在蘭溪縣附近還有明清的古鎮，供人體會昔日山清水秀，車船繁忙的風貌。

金句學與用

蘭溪三日桃花雨，半夜鯉魚來上灘。

詩人在夜裏造訪蘭溪，表明時令的「桃花雨」在這裏反而給夜裏山水冷淡的顏色增添了鮮活的感覺；夜間本來是寧靜的，作者寫到鯉魚上灘的聲響，又增添了活潑的生命躍動氣息。這種動靜相宜，冷暖色交織的描寫手法，值得我們學習。

別董大

唐　高適

千里黃雲白日曛[1]，
北風吹雁雪紛紛。
莫愁[2]前路無知己，
天下誰人[3]不識君？

註釋

1. 曛：昏暗無光。
2. 莫愁：不要發愁。
3. 誰人：哪個人。

黃昏時分，漫天的雲被昏暗的落日照得發暗。北風呼嘯，大雪紛飛，雁群艱難地往南飛。不必發愁離開此地沒有知己，普天之下有誰不知道你，不讚揚你呢？

1. 作者這首詩表達的是怎樣的感情？
2. 詩中的董大也是一名著名的音樂家，和《江南逢李龜年》相比，這兩首詩有甚麼不同之處？為甚麼會出現這種不同？

詩詞帶我讀

詩詞中的美景

　　北方的冬季，實在寒冷難耐。黃昏時分，落日奄奄，失去了耀眼的光芒，映照得漫天的白雲變得昏暗無光。北風呼嘯，大雪紛飛，天昏地暗，彷彿末日來臨。

　　一群大雁被風吹得艱難地往南飛翔，發出淒涼的叫聲。

　　嚴寒酷冷統治着荒漠般的人世。我離開京城洛陽已經十餘載，多年的流浪生涯使得我鬱鬱不得志。

　　但是你董大，我的知己，我真摯的朋友啊，你一直陪伴着我。你不但是才藝高超的琴師，還是擺脫名韁利鎖的高潔之士。

　　我倆心志相投，情趣一致，你是我世間難得的良師益友啊。

　　今天你要與我別離，奔赴前程。雖然依依惜別，不知何日方能相見，我心裏充滿傷感，我還是要對你說：雖說你我一樣，前途渺茫，卻不可悲觀自棄。你這樣卓越的音樂家，如此高潔的品格，天下有誰不了解不讚揚你呢？所以，請你安心地去吧，不要愁煩離開我就沒有知己了吧。

詩詞小知識

　　詩中的董大名叫董庭蘭，因在兄弟中排行第一所以稱為董大。他是唐代開元、天寶年間的著名音樂家，擅長彈琴和吹奏西域樂器篳篥。相傳董庭蘭在前人基礎上重新整理了以東漢蔡文姬所著《胡笳十八拍》為主題的琴曲《胡笳》，留下了《大胡笳》《小胡笳》兩首代表作，被元稹讚美為「哀笳慢指董家本」。唐代詩人李頎曾寫過《聽董大彈胡笳聲兼寄語弄房給事》一詩，讀這首詩中對董大技藝的描述，就可以知道高適詩中「天下誰人不識君」的評價是實至名歸了。

《聽董大彈胡笳聲兼寄語弄房給事》
唐　李頎

蔡女昔造胡笳聲，一彈一十有八拍。
胡人落淚沾邊草，漢使斷腸對歸客。
古戍蒼蒼烽火寒，大荒沉沉飛雪白。
先拂商弦後角羽，四郊秋葉驚摵摵。
董夫子，通神明，深山竊聽來妖精。
言遲更速皆應手，將往復旋如有情。
空山百鳥散還合，萬里浮雲陰且晴。
嘶酸雛雁失群夜，斷絕胡兒戀母聲。
　　川為靜其波，鳥亦罷其鳴。
烏孫部落家鄉遠，邏娑沙塵哀怨生。
幽音變調忽飄灑，長風吹林雨墮瓦。
迸泉颯颯飛木末，野鹿呦呦走堂下。
長安城連東掖垣，鳳凰池對青瑣門。
高才脫略名與利，日夕望君抱琴至。

金句學與用

莫愁前路無知己，天下誰人不識君。

　　不要擔心漫漫前路沒有知心的朋友，以你的才學品格，天下人都會了解你賞識你的。這兩句詩寄託了詩人對遠行朋友的安慰與美好祝願，時至今日，都是送別時人們常常引用的名句。

回鄉偶書

唐　賀知章

少小離家老大回[1]，
鄉音無改[2]鬢毛衰[3]。
兒童相見不相識，
笑問客從何處來？

註釋

1. 少小離家老大回：很年輕的時候就離開家鄉，直到年邁才回來。
2. 無改：沒有甚麼變化。
3. 衰：稀疏斑白。

這首詩詞講甚麼?

我年輕時就離開家鄉,很老的時候才回去。我的家鄉話雖然沒有改變,頭髮卻稀疏,鬢角也已斑白。鄉里的兒童見到我不認識是誰,笑着問我:「你從哪裏來的呀?」

讀完想一想!

想像一下作者聽到孩子們的問題,會怎麼回答?

詩詞中的美景

話說這人生，幾十年如白駒過隙。

就說我吧：年輕時離開家，客居他鄉，為仕途功名奔波數十年。如今垂垂老矣，只得返回故鄉。

我一路車馬勞頓，千辛萬苦，終於走進故鄉。

我的心兒激動萬分，眼睛似乎也明亮起來了。那一山一水、一草一木，我都很熟悉的啊！白雲藍天下的童年趣事也都歷歷在目。

而我已是耄耋之年了。我蹣跚舉步，朝村裏走去，很想快些找到我的家。

走到村口，一群兒童正在玩耍。他們看到我，感覺很驚訝，一個個睜大眼睛，不知說甚麼才好。

他們不認識我，這不奇怪。當年我離家的時候，他們還沒出生呢。有一個小孩朝我講話了，他問：「你從哪裏來呀？我怎麼沒有見過你呢？」

我一陣心酸，眼睛也濕潤起來。想我離開的時候，風華正茂，

豪情滿懷，而今歸來，家鄉口音沒有改變，卻已頭髮稀疏、鬢角花白了。

我日日夜夜思念的故鄉哪裏去了？莫非我是陌生人了？

哎呀，這就是人生嘛，酸甜苦辣，總要都嚐一嚐的。詩人無限的慨歎就都包含在這首源於生活，用了淺顯易懂的詞語寫成的詩歌裏面了。

詩詞小知識

　　賀知章的這首詩，成為很多漂泊在外的遊子回鄉發現物是人非，心中五味雜陳的縮影，因而流傳千古。近現代著名畫家豐子愷的女兒，曾經回憶父親在抗戰勝利後帶着全家返回浙江故里。但由於豐子愷離家多年加上戰亂，很多鄉親已經不認識他，都竊竊私語：「怎麼來了一群說話是本地口音的陌生人！」要認識當地的年輕人，也只能詢問他們的父輩是誰。於是豐子愷感歎：沒想到自己也做了「兒童相見不相識，笑問客從何處來」這兩句詩的主角！於是以這兩句詩為題，畫下一幅經典的漫畫。

鄉音無改鬢毛衰。

雖然還能說家鄉話，但是回來的人已經不是當年外出打拚的那個少年了，物是人非，多麼令人感慨！幾個世紀以來，世界各地都有背井離鄉賺錢創業的華僑，他們中很多人都要等到年紀大了，有了些積蓄才能返回故里。回到家鄉，儘管說話中還有鄉音，但目睹親人老去，家鄉環境變化，他們的心中恐怕也會浮現這一句詩吧！

春晴

唐　王駕

雨前初見花間蕊，

雨後全無葉底[1]花。

蜂蝶紛紛過牆去，

卻疑[2]春色在鄰家。

註釋

1. 葉底：枝葉底下。
2. 疑：懷疑。

綠綠的葉子之間生出許多的花骨朵，花蕊清晰可見。一場長時間的雨後，只剩下片片大葉子，花骨朵都不見了。蜜蜂和蝴蝶都飛來了，又都飛過高牆去鄰家院裏了。莫非那裏春色正好嗎？

請以蜜蜂和蝴蝶為主角，用擬人的手法將這首詩改成一個小故事。

詩詞帶我讀

詩詞中的美景

　　是個春天，美好的春天：綠綠的葉子之間長出了許多的花骨朵，裏面的花蕊也清晰可見。眼看着就要放苞，變成一朵朵豔麗的花兒了。

　　可是天公不作美，昨夜下起了一場雨，嘩嘩地整整下了兩天兩夜。真是苦雨啊！

　　再看那些花骨朵，一個也不見了！只有片片大葉子，被雨水洗刷得油綠油綠的，甚是好看。

　　無情的雨啊，把嬌弱的花骨朵都給連根沖洗掉了。真正是無比的遺憾！

　　雨停後，萬里無雲，天空也給這場雨洗刷得清澈透明。不溫不燥的氣候感覺十分舒適，花兒卻不見了。蜜蜂急匆匆地飛來，嗡嗡地一隊隊長驅直入，直奔一株株的花樹。蝴蝶也撲打着翅膀一隻又一隻地飛過來。一派蜂蝶亂舞的欣欣然的景象。

　　這個小花園，花未開，就春殘了。詩人怎能不心生感喟而長長地歎息呢？

蜜蜂、蝴蝶成群地圍繞着綠葉團團轉，茫然不知所措。牠們似乎在問：花兒呢？花兒都哪裏去了？

　　然後，蜜蜂和蝴蝶又在空中盤桓飛舞了幾圈，完全地失望之後，急急忙忙地飛過高牆，去鄰家院裏了。

　　詩人眼睜睜地觀看着這一幕，知道小精靈們也和自己一樣的懊惱：我本想好好瀏覽一番春色，而蜂兒蝶兒是要採蜜、啜飲花粉的，不料大家撲了一場空。

　　蜂與蝶紛紛飛到鄰家院去了，莫非那裏春色正濃，花兒正盛開了嗎？

詩詞小知識

傳說北宋著名詩人、政治家王安石也很喜歡這首詩，但卻覺得前兩句詩對仗不太工整，於是他動手將其修改為「雨前不見花間葉，雨後全無葉底花」。但後來明代的《唐音戊籤》認為，改後的詩中下雨前花朵盛放密集到看不見葉子，一場雨哪裏會沖得它們全無蹤跡呢？於是批評王安石的修改是「點金成鐵」，弄巧成拙。

你的想法是怎樣的呢？這樣修改好嗎？

金句學與用

蜂蝶紛紛過牆去，卻疑春色在鄰家。

這兩句話簡單直白，卻通過一個「疑」字，顯得格外生動有趣，充滿巧思。其實隔壁院子的花草，也是一樣經歷了風雨，但作者見到自家院子裏雨後春殘的景色，興起傷春惜春之情，不免寄情於飛往鄰居家的蝴蝶蜜蜂，希望春色還沒有離自己遠去了。

寒 食

唐　韓翃[1]

春城無處不飛花，
寒食東風御柳斜。
日暮漢宮傳蠟燭[2]，
輕煙散入五侯[3]家。

註釋

1. 翃：音同「宏」。

2. 日暮漢宮傳蠟燭：這裏用漢宮指代唐代皇宮。寒食節傳統不能點火，也只能吃冷
   食，但皇帝會特別賜點燃的蠟燭給朝中的權貴寵臣使用。這句詩即是說到了傍晚
   天色昏暗的時候，從宮裏傳出了皇帝賞賜寵臣們的蠟燭。

3. 五侯：這裏也是用了漢代的典故，漢成帝將皇后的五個兄弟都封為侯爵，因此五
   侯也指代和皇帝有裙帶關係的近臣或者寵臣。

這首詩詞講甚麼？

春天的長安城處處飛揚着花瓣。寒食節這天，皇宮御苑的柳樹，東風吹得柳絲飄飄悠悠。暮色蒼茫中，皇宮裏蠟燭相互傳遞，那輕飄飄的煙啊，隨風散到皇族貴介家裏去了。

讀完想一想！

1. 你知道寒食節是怎麼來的嗎？

2. 這裏作者為甚麼要特別點出宮裏賞賜的蠟燭去向呢？

詩詞中的美景

春天的長安城，非常美麗：萬紫千紅，百花鬥豔。

暮春時節，東風勁吹，花瓣紛紛下落，漫天飛舞。那簡直就是五彩繽紛的花雨啊！

更為奇妙的是，如雪花似的柳絮紛紛揚揚地隨裊裊東風翩翩起舞，忽而團團轉；忽而飛揚到空中；忽而又飄落到地面，滾作一團。

東風招惹萬千落花，長安城內花飛如雨，正是春日裏別致的美景。

清明前的寒食節，皇宮御苑裏柳絮飄飄，那柳絲細細長長的像美人的秀髮，也自在逍遙地隨風起舞。

這時候還有人們外出遊春，折柳插門的習俗呢。

所以啊，這座春城暮春時候是一年中最美妙的季節，也是走出家門賞花遊春的絕妙好日子。

還不僅僅是這樣，寒食節這一日，普天之下不允許舉火，一律吃冷食。只有得到皇上御賜的蠟燭，皇宮裏和貴族寵臣家裏才能相互騎馬傳遞蠟燭，燃起火光。

暮色之中，得得的馬蹄聲熱鬧非凡。再看那點燃蠟燭的裊裊娜娜的輕煙，漫漫徐徐地往皇族貴介的家裏飄去了。

詩詞小知識

　　在古代，寒食節和清明節前後緊密相連，都是重要的傳統節日。寒食節禁煙禁火，是為了紀念春秋時期不慕權祿，寧死不仕的名士介子推。同時《周禮》規定，一年四季「春取榆柳之火，夏取棗杏之火，秋取柞楢之火，冬取槐檀之火」，以求吉祥，避免疾病。久而久之，到了唐宋時代，從朝廷到民間就形成了寒食節禁火，並且要滅掉之前的舊火種的習俗。等到幾天以後處在仲春暮春節點的清明節，皇帝就要行「改火儀式」再取榆木和柳木點燃的新火種，然後將這火賜給臣子以示恩寵，成為了一種具有政治性的節慶習俗。唐代詩人白居易曾經在清明節得到過御賜的火種，於是寫了一篇呈給皇帝的《謝清明日賜新火狀》，感歎「就賜而照臨第宅，聚觀而光動里閭。降實自天，非因榆柳之燧；仰之如日，空傾葵藿之心。徒奉恩輝，豈勝欣戴」。

金句學與用

日暮漢宮傳蠟燭，輕煙散入五侯家。

　　皇帝賞賜蠟燭，應該是非常盛大奢華的場面了。但作者沒有詳細描寫賞賜的場景細節，只寫輕煙裊裊飄入貴族之家。全詩動詞的使用非常傳神，看似平淡卻十分生動，意蘊含蓄，既有「笙歌歸院落，燈火下樓台」的富貴閒雅氣象，又以「五侯」暗指朝廷中的幸臣權貴，委婉地表達了諷喻的意味。

楓橋夜泊

唐　張繼

月落烏啼霜滿天[1]，
江楓漁火對愁眠[2]。
姑蘇城外寒山寺，
夜半鐘聲[3]到客船。

註釋

1. 霜滿天：意思是秋天落霜天氣十分寒冷。
2. 對愁眠：指江邊的楓樹和漁船上的燈火明暗相照，伴着臥在船中心懷憂愁的旅人。
3. 夜半鐘聲：在一些佛寺中，有敲半夜鐘的習慣。

這首詩詞講甚麼？

深夜月亮也落下去了。一片昏黑，萬籟無聲，只有烏鴉在啼叫着。秋霜鋪滿了整個世界。江岸火紅的楓樹和江面的漁船上的燈火兩相照應。夜半姑蘇城外寒山寺的鐘聲，傳到了我的小船上。

讀完想一想！

想像一下，詩中的主人公在深夜的客船上聽到鐘聲，會有甚麼樣的感想呢？

詩詞中的美景

深秋，小舟停泊在江南水鄉姑蘇城外的楓橋。

深夜，月兒也無光，萬籟俱寂。不知甚麼動靜驚擾了樹上棲息的烏鴉，發出了一陣啼叫。

我在客居他鄉的小船上，難以入眠。下霜了，我感覺霜氣侵入了船艙，冷得瑟瑟發抖。

江面水波微微蕩漾，一江寒水涼意襲人。正是楓樹葉兒紅透的時節。江岸上幾株楓樹，遠近停泊的船上，數點燈光在黑暗中顯得格外明亮。

我這遊子啊，羈旅的愁思侵擾着我的心。那江楓和漁火相互映襯，我的心情起伏跌宕，思念故鄉又前程渺茫，怎能在如此靜謐的夜晚安枕無憂呢？

夜越來越深了，我也該平靜下來，進入夢幻中去了。這時，突然一陣鐘聲傳來，有節奏的深沉的鐘聲，聽起來彷彿是來自天外，在這人人安眠之時，驚醒了世人蕪雜的夢。原來，這是姑蘇城外寒山寺的鐘聲啊！

又引得我浮想聯翩：浮生若夢，五味雜陳。何如那些出家的僧人清心寡慾，自在逍遙呢？

詩詞小知識

　　寒山寺位於今天江蘇省蘇州市楓橋鎮，建於六朝梁武帝時期，因為當時的名僧寒山和拾得來寺中當住持而得名。寺中有宋代興建的佛塔、明代建造的鐘樓，更有明代佛像、清代銅鐘，岳飛、文徵明、唐寅、董其昌、康有為等歷史名人留下的碑文等文物。張繼留下《楓橋夜泊》這首詩之後，寒山寺天下聞名。這首詩也被刻成石碑留在寺中。其中最早的宋代詩碑因為戰亂沒能保存下來，明代文徵明手書的《楓橋夜泊》碑刻也只剩下幾個字的殘碑。今天人們造訪寒山寺，可以見到的是清末著名學者俞樾題寫的《楓橋夜泊》，以及民國時期一位與唐代詩人同名的書法家所寫的石碑。

金句學與用

夜半鐘聲到客船。

　　這首詩的前面幾句，已經描述了寒冷秋夜楓橋附近寂靜冷清的景象。在深夜裏突然聽到鐘聲，更給人的感官一種強烈的刺激，更襯托出寒夜靜謐。主人翁聽到佛寺夜鐘，會產生何種感悟作者沒有明寫，體現出中華傳統文化中的含蓄之美。寫文章時，言有盡而意無窮，朦朧含蓄亦是一種美好的感受。

元和十年自朗州至京戲贈看花諸君子／玄都觀桃花

唐　劉禹錫

紫陌[1]紅塵拂面[2]來，

無人不道看花回。

玄都觀裏桃千樹，

盡是劉郎去後栽。

註釋

1. 紫陌：指京城長安的道路。
2. 拂面：迎面，撲面。

這首詩詞講甚麼？

京城的道路上塵土撲面而來。路上許多的人，沒有一個不說是「看花歸來」的。玄都觀裏千株桃樹，都是劉郎我離開長安之後才種植的。

讀完想一想！

1. 作者詩中的桃花，除了真實的花以外，還指代甚麼？

2. 香港的春天也有許多鮮花盛放，我們去到公園和野外，都可以看到甚麼花？試舉例。

詩詞中的美景

　　京城長安有個道觀，名玄都觀。玄都觀中有個庭院，百畝之大。道士們在庭院種些菜，以供食用。

　　那時因觀中並無花草可觀賞，也就沒有人進來賞玩。

　　詩人才華橫溢，品格更勝人一籌，風骨超群，無半點奴顏媚骨。因為他有這樣的品質，結果在改革失敗以後，被貶謫離開京城。

　　後來，他又被召回長安。有這麼一天，只見京城的道路上塵土飛揚，撲面而來。

　　原來是許多人去玄都觀賞花歸來。有騎馬的，有坐車的，也有步行的，紛紛攘攘，熱鬧非凡。歸來的人群中，沒有一個人不說是「看花回來的」，並且都心滿意足。

　　原來，玄都觀裏啊，種植了百畝千株桃樹。桃花正盛開，如朵朵紅雲，爛漫而絢麗。

　　我們的詩人見此情景，多有感慨，於是作詩一首。

　　嗚呼，其義自見：這百畝千樹的桃花，是詩人被貶出長安之後，才有人種植的。等他回來，桃樹已經根深葉茂，綻開了萬朵

桃花。難怪眾人爭先恐後地前往觀賞了。

　　諸位，如果將桃花比做新興勢力的權貴，且是詩人離開長安之後方才得勢的一群群新寵，那又如何呢？再說，如果把前往觀賞千株桃花的人群，比做善於攀炎附勢、巴結權貴的勢利小人，則又如何？

　　有人說，這豈不褻瀆了美麗的桃花？

　　詩人是用了比擬的手法，寫成了這首廣為流傳的詩作。正因為如此，我們才可其義自見，而領略詩中含義，進而有感於詩人絕妙高超的手法，更佩服他凜然大義的胸懷了。

劉禹錫寫玄都觀的桃花，真的只是描寫一場看花盛事嗎？當然不是。原來劉禹錫寫下這首詩之前，已經因為參與「永貞革新」，和柳宗元等人被流放外地長達十年。等他歷盡辛苦回到京城，朝中像盛開桃花那樣炙手可熱、萬人追捧的新貴們，都是改革者們被流放排斥之後上位的。正因為這首諷刺當時掌權者的詩歌，劉禹錫又遭到流放。

金句學與用

玄都觀裏桃千樹，盡是劉郎去後栽。

這裏以樹喻人，借物指事，是唐詩中常見的寫作手法。如果只當做景物描寫，這就只是句平常閒話，結合詩人當時所處的歷史背景，才能品讀出其中況味。

再遊玄都觀

唐　劉禹錫

百畝庭中半是苔，
桃花淨盡[1]菜花開。
種桃道士[2]歸何處？
前度劉郎今又來。

註釋

1. 淨盡：蕩然無存，全都沒有了。
2. 種桃道士：這裏一是指種植了玄都觀桃花的觀內道士，二是用他比喻當年打壓劉禹錫等人的當權者。

這首詩詞講甚麼？

　　玄都觀裏寬廣的庭院，有一半長滿了青苔。桃花完全絕跡，菜花正盛開。當年種植桃樹的道士去哪裏了？以前的劉郎今天又回來了。

讀完想一想！

　　將《玄都觀桃花》和《再遊玄都觀》兩首詩連起來看，試着說說它們體現了作者的甚麼情感。

詩詞帶我讀

詩詞中的美景

　　各位看官：話說前一首詩《玄都觀桃花》，說的是詩人對玄都觀千株桃花的感慨。這次，仍然是詩人對於玄都觀裏桃樹興衰的感慨。

　　這玄都觀，沒有名氣的時候，裏面寬闊的荒地上是道士種植的菜蔬。後來，一個道士在那兒種了千株桃樹。

　　詩人因前一首詩，被貶謫離開長安，十四年後又被召回。這一回來啊，玄都觀裏的境況又變化了：千株桃樹蕩然無存，那如紅雲般的燦爛桃花盛開的風景也不再有了。

　　眾多的賞花人自然也不會再去那裏了。當年遊人如織的熱鬧歸於冷寂，真是今非昔比啊！

　　觀裏種桃花的地方，因為濕氣重，長久無人問津，有一半長滿了青苔。還有的地方給種上了菜蔬。菜花開得正茂盛。

　　不光是桃花一株都沒了，遊人絕跡了，就連種桃樹的道士，如今也不知去何方雲遊了。

可是我劉郎又給召回長安來了。你們那些過去打擊排擠我的人，會怎麼想呢？

經過這麼多年，新興的權貴，有的去世了，有的失勢了，由他們提拔起來的更新的權貴，也就跟着失去了顯赫的地位。

我又回來了！並且永不屈服，永不放棄我的主張！

世事無常，滄桑巨變。諸位，是不是這麼個道理呢？

詩詞小知識

劉禹錫因為政治改革等原因，被貶謫到偏遠荒涼的地方做官，等到他好不容易回到長安，又因為《玄都觀桃花》一詩觸怒權貴，被派到播州（今天貴州）、連州（今天廣東）等當時非常遙遠的地方，十四年後才又被召回京城。在劉禹錫回到京城寫《再遊玄都觀》之前，他在揚州碰見了同樣被貶謫的白居易，都是天涯淪落人，他們便互相贈送了一首詩。

醉贈劉二十八使君
唐　白居易

為我引杯添酒飲，與君把箸擊盤歌。
詩稱國手徒為爾，命壓人頭不奈何。
舉眼風光長寂寞，滿朝官職獨蹉跎。
亦知合被才名折，二十三年折太多。

劉禹錫則寫了著名的《酬樂天揚州初逢席上見贈》回贈：

酬樂天揚州初逢席上見贈
唐　劉禹錫

巴山楚水淒涼地，二十三年棄置身。
懷舊空吟聞笛賦，到鄉翻似爛柯人。
沉舟側畔千帆過，病樹前頭萬木春。
今日聽君歌一曲，暫憑杯酒長精神。

金句學與用

種桃道士歸何處？前度劉郎今又來。

　　作者當年因一首《玄都觀桃花》遭到當權者忌恨而被貶外地，但是他並不屈服，也不膽怯，經過十年的漂泊，他回到長安還能勇敢地發出挑戰權貴的呼聲。官場沉浮，當權者一波接一波，昔日得意人如今銷聲匿跡，但像作者這般品格高潔不屈不饒的人永遠存在於歷史中。

人日[1] 立春

唐　盧仝

春度[2] 春歸無限春，
今朝方始覺成人[3]。
從今克己[4] 應猶及，
顏與梅花俱自新。

註釋

1. 人日：即農曆正月初七。
2. 春度：春天過去。
3. 成人：長大成人。
4. 克己：克制約束自己。

這首詩詞講甚麼？

春來春又去，至今已經過了多少個春天了呢？今朝才覺得自己真正成人了。從今天起，要懂得克己，應該還來得及，要讓我的容顏和梅花一樣生氣盎然，煥然一新。

讀完想一想！

1. 俗話說一年之計在於春，你在一年開始的春天有甚麼計劃呢？

2. 詩人雖然已經不是在唸書的小孩子，可他說自己在正月初七這天才覺得自己「成人」了，你覺得這又是為甚麼？

詩詞中的美景

　　光陰似箭，日月如梭。春去春又來，春光無限好。我已經度過了多少個春天了啊！

　　想我盧全，唐代大詩人盧照鄰之嫡系子孫，因而天性使然，自小唯愛讀書。

　　我不慕榮華富貴，不羨仕途高升。我欣賞陶淵明，生平只追求桃花源般的情境。

　　雖出身名門望族，我家只有破屋數間一小院。小院籬笆為牆，茅草做門。院內種幾杆竹、石榴兩株、菊花數盆。院外柳樹一排，桃樹、梅花幾棵。

　　春來桃花爛漫如雲，柳絲細細長長隨風盪漾；夏季石榴花火紅；秋日菊花傲霜；冬天竹葉青翠，梅花盛開。一年四季，美麗景色不斷。

　　春天桃樹下，龍井茶一杯，詩書一卷；夏季柳樹成蔭，詩書一卷毛尖一杯；秋來菊花怒放蟹正肥，一酒一蟹好賞菊；冬天外觀漫天飛雪，銀裝素裹。屋內大紅袍一壺，驅寒佳品。人稱我「茶仙」是也。

想我居住之地，山環水繞，小院情趣多多，實乃神仙之居處！

嗚呼！我一介書生，雖飽讀詩書，滿腹經綸，然則耿介孤僻，厭惡官場，淡泊名利，終生願做山野隱居之士，不亦樂乎！

況我常和賈島、張籍、孟郊等摯友一同桃花源煮泉飲茶，吟詩作賦，何等悠閒自在？

今日是正月初七人日。今日我才覺得自己已真正成人了。

我當常思做人之道，思求更上一層樓。從今往後，要懂得克己，應該還來得及。我當越加發奮苦讀聖賢書，善養我浩然之氣。就讓我的精神面貌與盛開的梅花一樣，生氣盎然，煥然一新。

　　本詩詩題中說到「人日」，很多人都知道這一天是農曆正月初七，但為甚麼這一天會被列為「人的日子」呢？漢代東方朔的《占書》中記載，農曆新年的前八天，是包括人類在內重要的動植物的生日，人類生日正好排到第七天。又有傳說說女媧創造天地間的萬物，正好是在新一年的第七天捏黃土做出了人，所以這天就是人的紀念日。中國南北地區到了這一天，都會有些傳統慶祝方式，廣東一帶會吃及第粥，古代的官府不會在這天處置犯人，家長也不會在這天責罰小孩。。

金句學與用

從今克己應猶及，顏與梅花俱自新。

　　活到老學到老，人是可以不斷完善自己，不斷進步的，所以有了上進的想法，立刻努力都來得及。儒家經典《禮記·大學》提到「苟日新，日日新，又日新」，勉勵人們日日自新，每天都不懈怠，這也是同學們應當牢記和學習的。

登 山

唐　李涉

終日昏昏[1]醉夢間，
忽聞春盡強[2]登山。
因過竹院逢僧話，
又得浮生半日閒。

註釋

1. 昏昏：昏沉迷糊。
2. 強：勉強。

整天昏昏沉沉像是喝醉了，又像是做夢一般。忽然聽說春天就要過去了，我打起精神勉強去登上山。走到寺廟遇到一位悟道的僧人，和他聊天，又悠閒地度過了人生的半天時光。

設想一下，詩人會與僧人談論些甚麼呢？

詩詞帶我讀

詩詞中的美景

　　遭到貶謫離開長安的我，心情實在紛雜。終日昏昏沉沉、像是喝醉了酒，又像是在夢裏，迷迷糊糊的。

　　想我寒窗十載，苦讀聖賢書，修得滿腹經綸，也知大丈夫應兼濟天下，扶危濟困。

　　可是世事艱難，空有志向，無天時地利人和，也難以實現胸中抱負。因此我心中義憤難平，整日長吁短歎。

　　所以，眼前雖是明媚的春天，也難以激起我的興趣。直到有一天，忽然有人對我說：「春天那麼美，繁花盛開，風和日暖，何不出去賞玩一番，也不辜負這大好春光啊！眼看春日將盡了。」

　　這番話，打動了我的心。是呀，難道我如此消沉，打不起精神，就能解決甚麼問題嗎？走出去，看看春光，和大自然交流一下，有甚麼不好呢？人與人之間，充滿爭鬥，人是狹隘有私心的。可是那些花啊，草啊，它們和人友好無爭，只是把自己美麗的一面展示給我們欣賞。

　　於是我起步前往，出門賞春。

我開始登一座大山。這山山勢平緩，山上林木茂密，鳥兒啼鳴，小溪潺潺，風景甚是美妙。

當我盡情欣賞美景時，才發現自己平時真的是太壓抑了。這又何必呢？

天下之大，無奇不有，為何汲汲於名韁利鎖的桎梏中，只顧眼前那點事呢？投身於自然之中，陶冶性情，不也是一大快事嗎？

我的情緒漸漸舒展起來。走着走着，一座宏偉的廟宇矗立在面前。

我信步走了進去。見有一位高僧，他精神矍鑠，正拿一把掃帚在清掃院子。

我不由得對他肅然起敬。他也抬頭看着我。雙目相對，二人似乎都有相見恨晚之感。

我先說話了：「高僧好啊！」他面帶慈祥的微笑，對我打着手勢，說：「啊，好啊，好啊！請坐。」

他也入座，我就在竹椅上坐了下來。

聊了一會兒，我發現他真是值得人人尊敬的，非常有悟性有真知的高僧。

我就對他述說了心裏的苦悶。

諸位，你猜他說了些甚麼？

「人生在世，若無根之萍，飄飄乎不可由人。升遷也罷，貶謫也罷，皆由命運所制約。人力能有多大呢？所以，屈子早就這麼講：滄浪之水清兮，可以濯我纓；滄浪之水濁兮，可以濯我足。是可也。

如命運容你兼濟天下，你盡可藉此機會大展宏圖；然如若上天不給予機會，你盡可陶醉於山水之間，讀書飲酒，獨善其身，做個陶淵明式的隱居之人。何樂而不為呢？」

真個是：與君一席話，勝讀十年書啊！

我從寺廟走出來，與高僧握手言別時，感覺已經脫胎換骨，煥然一新了。我的生活有了宗旨，我的那顆心啊，也輕鬆了許多許多。

在這忙忙碌碌、盲目無知的世界上，能夠有幸得這麼一位高人指點迷津，使我擺脫了迷惑，變得清朗，實在是讓我喜悅啊！

這半日的登山，收穫滿滿，又得到紛雜浮生裏愉悅的一份悠閒自在，多麼美好喲！

　　這首詩原本在《全唐詩》中名《題鶴林寺僧舍》，《千家詩》中把原標題簡化《登山》。這座名為鶴林寺的寺廟在今江蘇省鎮江市，始建於晉代，原名竹林寺。相傳南北朝時期，南朝宋武帝劉裕小時候到這座寺廟所在的黃鶴山砍柴，見到頭上黃鶴飛舞。後來他打下江山，就把寺廟改名為鶴林寺，唐代這座寺廟又曾被稱為古竹院，這就是「因過竹園逢僧話」中「竹園／竹院」的來源了。

金句學與用

又得浮生半日閒。

　　這句詩也有一種版本為「偷得浮生半日閒」，用作經歷了一段時間的繁忙之後，獲得一時的閒暇和心靈舒暢。像是小朋友們的爸爸媽媽，加班忙碌很久以後，週末全家去郊野玩耍，他們的心情，正可以用上這句詩。

江樓感舊[1]

唐　趙嘏

獨上江樓思渺然[2]，
月光如水水如天。
同來玩月人何在？
風景依稀[3]似去年。

註釋

1. 感舊：感念舊友往事。
2. 思渺然：思緒惘然。
3. 依稀：好像，彷彿。

這首詩詞講甚麼？

孤獨一人登上江邊的高樓，思緒是那麼的落落寡歡。此時，月光清澈如水。月影倒映在水面，彷彿天宇也落於水中，和江水融合為一體了。想起去年此時，一同來賞月的那個人，現在你在哪裏呢？這樓宇、江水和月亮可是與去年今歲沒有甚麼不同啊！

讀完想一想！

曾經和好朋友們一起遊玩過的地方，如今一個人故地重遊，就不免想起之前的場景，你也有過這樣的經歷嗎？

詩詞帶我讀

詩詞中的美景

　　一個明月高高地懸掛在天上的美好夜晚。我因為寂寞和失意，心中落落寡歡，夜深難以入眠，便獨自一人登上了江邊的高樓。

　　那月亮啊，已經升至中天。皎潔的月光清澈如水，滿滿的銀輝灑將下來，給整個世界披上一層朦朦朧朧迷人的夢幻般的輕紗。

　　望着圓圓的一輪滿月，心兒都醉了。如果太陽是個頂天立地、光芒萬丈的美男子，月兒就是一位輕歌曼舞的妙美人。她那麼輕柔、羞澀，輕輕地一舒廣袖，便給大地、山巒、樹木、屋宇、江面罩上童話般的色澤，迷離恍惚，令我陶醉。

　　你看那月亮的倒影，映在江面水中，亮晶晶的隨微波輕輕搖盪，不知是月光如水，還是水中融合了月亮，我彷彿感到廣漠的蒼穹在腳下浮動，一種幽靜絕美無聲的情境在升騰，慢慢擴散，以至於我整個的人都迷醉於水光月色之中了。這難得的清麗美景，使我回憶起去年此時，那個人也是在這高樓上，我倆一起賞月。如今，你在哪裏呢？

　　世事無常，人啊，時聚時散，哪裏就長久了？可是這絕妙的月色江水，卻依稀和去年此時沒有甚麼不同啊！

　　有不少的唐代詩人都有些有趣的別號，這些別號通常來自他們的名作和寫作習慣。比如唐代詩人鄭谷，因為寫有七律《鷓鴣詩》，被稱為「鄭鷓鴣」；詩詞俱佳的溫庭筠，因為才思敏捷，晚唐科舉考律賦八韻為一篇，溫庭筠叉手一次就成一韻，叉手八次就可以完稿，因此被稱為「溫八叉」。那麼這首《江樓感舊》的作者趙嘏又有甚麼稱號呢？

　　唐武宗會昌二年（842 年），考取了進士的趙嘏雖然有詩名，但是官職低微，鬱鬱不得志的他遊覽長安，寫下《長安秋望》一詩：

> 雲物淒涼拂曙流，漢家宮闕動高秋。
> 殘星幾點雁橫塞，長笛一聲人倚樓。
> 紫豔半開籬菊靜，紅衣落盡渚蓮愁。
> 鱸魚正美不歸去，空戴南冠學楚囚。

　　其中「殘星幾點雁橫塞，長笛一聲人倚樓」這兩句被杜牧看到以後大為讚賞，便稱呼趙嘏為「趙倚樓」。這個別號流傳非常之廣，乃至後來的唐宣宗在皇宮都聽說過，據說還問宰相：「那個『趙倚樓』如今仕途怎麼樣了？你可以弄一些他的詩給我讀讀。」

金句學與用

月光如水水如天。

　　這句詩很形象地描摹了水邊月光皎潔，水天相映波光粼粼的美景。我們如果夜遊維港，或者在晚上坐船遊覽海上，就可以見到如此美景。

滁州[1] 西澗

唐　韋應物

獨憐[2]幽草澗邊生，

上有黃鸝深樹[3]鳴。

春潮[4]帶雨晚來急，

野渡無人舟自橫[5]。

註釋

1. 滁州：位於今天的安徽滁州。
2. 獨憐：唯獨喜歡。
3. 深樹：枝葉茂密的樹木。
4. 春潮：春天的潮水。
5. 橫：隨意飄浮擺蕩。

就喜歡溪澗邊幽幽的野草，還有溪澗上面茂盛的樹叢裏黃鸝的鳴叫。春雨夾帶着春天的潮水，傍晚時分激流勇進。野外的渡口，只有一隻小舟兀自隨意地停泊在那兒，隨急流而擺動。

讀完想一想！

1. 詩中的這個場景，蘊含着詩人的甚麼感情呢？

2. 試着把這首詩畫成畫。

詩詞中的美景

　　詩人在滁州為官時，非常喜愛城西面西澗的景色。有一天，他又去那裏遊玩，是春末夏初的時候。

　　西澗這個地方，屬於野外。自然之景，未加修飾的花草樹木小溪流水，在他眼裏，是非常的合意。甚至可以說，他喜愛這兒的景物，勝過小園的百花爭艷呢！「綠陰幽草勝花時」這句詩，正說明了詩人悠然自得的心地。

　　他來到溪澗旁，一眼就發現，他最愛的小溪澗水兩岸上，幽幽的野草十分茂密，青翠欲滴。有的一叢叢的伸向水灣，任溪水沖洗着，又是一番幽趣。

　　深而密的樹木叢林，野生野長，率性而為。樹木之間，有黃鸝跳來跳去地鳴叫着。

　　詩人痴痴地觀看着，看那隻小鳥快樂無憂地玩耍。這般境界啊，人世間哪裏找得到啊！

　　下雨了，水又急又猛，漲滿了溪流。溪流就夾帶着春雨，歡快而極速地順流而下，沖刷着水中的石頭和野草，嘩嘩的，奔騰不息。

　　已是黃昏，詩人並不想離去，他愈發感到這麼一副野景，分明是一幅水墨畫，詩情畫意，饒有趣味。

　　他觀賞了許久，才將目光移向稍遠的地方，他看到一隻小船，在野外的渡口，兀自停泊在那裏。

　　小船的主人不管它，任它隨流水隨意飄蕩，忽東忽西，還打着轉。

　　那小船就這樣飄飄蕩蕩，兀自停泊在那兒。又是怎樣的一幅絕美的畫圖啊！自由自在、豪爽淡泊。

　　莊子說：「巧者勞而知者憂；無能者無所求，飽食而遨遊。泛若不繫之舟，虛而遨遊者也。」

　　詩人曾表明自己即無能之輩，視仕宦如同遨遊，悠悠然而自得。所以他唯愛悠悠西澗的野草，也欣賞那隻孤獨無用、隨波搖盪的小船了。

　　在本系列的第一冊書中，我們已經讀過韋應物的詩歌，韋應物是唐代中期有名的山水田園詩人之一。有別於中唐大曆年間詩人普遍淒清、雕琢的風格，他的詩風恬淡，文字清新自然，善於描寫景物和隱逸生活。他的山水詩非常出名，詩中經常出現清冷幽靜的意象，以及光線雲霧明暗交錯、濃淡相宜的氛圍，以及動靜相宜的對照，使得他的詩就像一幅幽寂動人的畫卷。韋應物和盛唐時期的王維、孟浩然，以及大約同時期的柳宗元，並稱為「王孟韋柳」，因為這四人都繼承了魏晉陶淵明的田園詩歌傳統，發展出自成一派的山水田園詩歌流派，創作了許多膾炙人口的名篇。

金句學與用

春潮帶雨晚來急，野渡無人舟自橫。

　　這兩句詩描寫出了春天滁州郊外河水的情況，春天河水因着下雨漲水，無人的渡口小舟輕輕擺蕩。這是一番靜中有動，動中有靜的淡泊閒靜畫面。

題金陵渡

唐　張祜

金陵津渡小山樓，

一宿行人自可[1]愁。

潮落夜江斜月裏，

兩三星火[2]是瓜洲[3]。

註釋

1. 可：應當，合當。

2. 星火：指像星星一樣閃閃爍爍的漁火或燈火。

3. 瓜洲：長江北岸的重要城鎮，位於今天江蘇省，與鎮江市隔江相對。

我夜間在金陵渡口的小樓上住宿，獨自出行在外，我心中孤獨愁悶不已。江面上潮水退去，一彎新月掛在天空，江對面那幾點漁舟燈光閃動的地方就是瓜洲。

1. 這首詩和《楓橋夜泊》同樣是詩人在外旅行，乘船夜裏停泊在水上。試着比較這兩首詩在情感上的異同。

2. 你有在離島或者碼頭上過夜的經歷嗎？

詩詞帶我讀

詩詞中的美景

　　詩人孤獨一人遊覽江南風景，心中難免寂寞悲涼。這一日，他投宿在位於長江南岸的小樓。詩人心懷旅愁，思念家鄉，夜深了，輾轉反側還沒能安睡，於是他起身，走到窗前欣賞江上夜景。

　　這是下半夜，天色將曉，長江江面仍是一團漆黑，寧靜無聲。那一彎斜月，也慢慢地向西方而去，像一隻小白船似的，煞是好看。微弱的月光無力地照耀着一江寒水，水波微微盪漾。

　　朦朦朧朧的月光中，江水正在悄悄地退潮，江面漸漸低落。

　　猶如一幅暗黑的畫面，江水黑黝黝，月兒彎彎，一暗一明，已使詩人感受到長江開闊雄渾，日夜奔流不息的壯美情懷。可黑夜幽幽靜靜，萬籟俱寂，一切的生命都已安歇。長江寥廓，連鳥兒也不見一隻，仍使他覺得心裏空落落的。彷彿天色永遠不會大亮，他就只好待在黑暗裏，一人獨自吞嚥漫漫長夜無人陪伴的苦楚了。

　　他抬起頭來，準備向遠方望去，體驗一下深邃靜謐的夜色。

　　前方遠處，有幾點星星似的火光忽明忽暗地閃閃爍爍。那是甚麼？原來，是對岸的水上人家的燭火之光啊！詩人心裏豁然開

朗，心中憂悶竟然消除了許多。那是隔江對岸的瓜洲，燈火幾點便是由那兒而來。他靈感忽來，於是一句千古佳句便湧上心頭——「兩三星火是瓜洲」。

詩詞小知識

　　瓜洲最初為長江中流沙沖積而成的水下暗沙，後來慢慢堆積成形，在晉代露出水面，因形狀如瓜而得名，又稱瓜步或瓜埠。到了唐代中期，瓜洲和北岸陸地相連，成為長江北岸的渡口。它是南北向運河與東西向長江十字形黃金水道的交匯點，為漕運與鹽運要衝，因此是南來北往水運旅客的一個必經之地。旅客留宿此地，難免產生羈旅之思，在家鄉的親人思念遊人，也會想着他們是不是到了瓜洲呢？於是瓜洲一地留下了許多名句。像白居易《長相思》：「汴水流，泗水流，流到瓜洲古渡頭。吳山點點愁。思悠悠，恨悠悠，恨到歸時方始休。月明人倚樓。」宋代王安石《泊船瓜洲》：「京口瓜洲一水間，鍾山只隔數重山。春風又綠江南岸，明月何時照我還。」這些詩歌都很有名。

金句學與用

潮落夜江斜月裏，兩三星火是瓜洲。

這是一幅美麗生動的江景畫。「兩三星火」點綴在斜月朦朧的夜江之上，錯落有致，看上去格外明亮。詩人的目的地瓜洲與「金陵渡」首尾呼應，船搖曳着逐漸向燈火去了，詩人也成為了畫面的一部分。

山居夏日

唐　高駢

綠樹陰濃[1]夏日長，
樓台倒影入池塘。
水晶簾[2]動微風起，
滿架薔薇一院香。

註釋

1. 濃：指樹蔭陰影非常深重。

2. 水晶簾：水晶製作，顏色清澈瑩潤的精美簾幕；在這裏指的是池塘水面被風吹動，
　　波光粼粼，好像水晶簾。

這首詩詞講甚麼？

夏日日長，樹木綠綠的，一片片濃蔭。樓台的倒影映入池塘，被微風吹得層層漣漪，在日光照耀下，晶光點點，好像水晶簾一樣。滿園的架架薔薇芳香四溢。

讀完想一想！

1. 嘗試用若干形容詞來描述讀完這首詩的感受。

2. 比較本冊書中幾首講述初夏生活的詩，它們之間有甚麼異同？

詩詞中的美景

　　都知春季生機勃勃，百花鬥豔，陽光温煦，細雨和風。誰能體會夏日的熱烈與芳香呢？

　　詩人就有深刻的感想，並用美麗的詩句表達了出來：

　　綠綠的棵棵樹木經過春來茁盛的萌發，已經長成參天大樹。太陽照耀下，形成濃密的片片樹蔭，帶來陰涼。夏日來臨，白日漸長，人們可以在樹蔭下休息，避開難耐的暑熱。所謂「前人種樹，後人乘涼」。

　　詩人經常在自家庭院散步乘涼。他慢慢走上亭台樓閣，常常在那兒欣賞園中小景。

　　小園內微風習習，在炎炎夏日裹，送來絲絲清涼。特別是那幾株高大的百年樟樹，樹形優美，虬枝盤結。茂密的枝葉遮天蔽日。坐在樹下，真的是清爽怡人，心曠神怡。

　　此時，詩人坐在小山的亭子上。看着樓台的倒影映在前邊的寧靜的池塘裹。

　　池塘微風一過，蕩起輕輕的漣漪。在日光照耀下，亮晶晶的，如同水晶簾一般。

園子裏種植着多樣花草。尤其是那薔薇，竹子搭成的排排架子上，掛滿了花朵。薔薇花枝繁葉茂，花形千姿百態，花色五彩繽紛。

那清幽的花香陣陣傳來，詩人都迷醉了。

暑熱帶給人的煩躁，小園裏的綠樹濃蔭、花香沁人，都使人覺得舒爽，故詩人作詩讚美小園，足見他喜悅的心情了。

詩詞小知識

我們讀歐美文學作品，常常會看到院子裏種滿玫瑰的描寫。唐代人在院子裏種植的，是和玫瑰有些相似的薔薇花，或是種在牆邊任其攀援，或是搭起架子，花開賞花聞香，花落可以享受綠蔭。以下是若干寫薔薇的唐詩，供擴展閱讀：

薔薇
裴説

一架長條萬朵春，嫩紅深綠小窠勻。
只應根下千年土，曾葬西川織錦人。

薔薇架
元稹

五色階前架，一張籠上被。
殷紅稠疊花，半綠鮮明地。
風蔓羅裙帶，露英蓮臉淚。
多逢走馬郎，可惜簾邊思。

薔薇花
陸暢

錦窠花朵燈叢醉，翠葉眉稠裛露垂。
莫引美人來架下，恐驚紅片落燕支。

金句學與用

水晶簾動微風起，滿架薔薇一院香。

這兩句詩既有視覺上的描寫，也有嗅覺上的描寫。風吹水面波光粼粼，盛開的滿架薔薇搖動香氣飄散，實在令人心曠神怡。寫作文描寫景物時，可以參考這種從多種感官入手進行描寫的方法。

台 城

唐‧五代　韋莊

江雨霏霏江草齊[1]，
六朝[2]如夢鳥空啼。
無情最是台城柳，
依舊煙籠十里堤。

註釋

1. 江草齊：江邊野草茂盛，已經與岸同齊。
2. 六朝：指以台城為都城的六個朝代政權──三國時的孫吳，東晉，以及南朝宋、齊、梁、陳。

這首詩詞講甚麼？

雨落江面，細細密密。江岸的草，茂盛青翠。六朝短暫更替，像夢似的轉瞬即逝，只有鳥兒還一如既往地啼叫着。最令人傷感的是那台城的柳樹，仍然如輕煙般籠罩着十里長堤。

讀完想一想！

我們曾經讀過杜牧的《江南春》詩中「南朝四百八十寺，多少樓台煙雨中」一句。還讀過劉禹錫《烏衣巷》「舊時王謝堂前燕，飛入尋常百姓家」的名句。你覺得這兩句詩在詠史方面和本詩有甚麼相似之處呢？

詩詞中的美景

　　金陵的台城，曾經是史上六朝的都苑。那時候的台城，歌舞昇平，繁華熱鬧。六個朝代競爭角逐，輪番更迭，三百年戰火不斷，最終如過眼雲煙，滅亡結束。台城也由當年的政治舞台，轉變為「萬戶千門成野草」的荒蕪之地了。

　　詩人有一天在江南遊歷，到台城憑弔古跡。他看到的是如下的景象：

　　暮春時節雨紛紛，落在江面細細密密。江岸上的野草，因場場春雨的滋潤，長得異常茂盛，一派翠綠，生機盎然。

　　他想起多少統治者，王族貴戚，在這裏享盡榮華富貴。可是這一切，轉瞬即逝，夢幻一般，逝去了不會再來。

　　只有鳥兒不知人間事，還在斷壁頹垣之間徘徊，在樹枝上啼叫。詩人聽起來，卻是那麼的悲涼悽惻，生出了許多的感慨來。

　　儘管人世滄海桑田，歷代由盛及衰，朝朝暮暮變化不停，這台城十里長堤的楊柳啊，卻那麼的不更人事，依舊柳絲飄搖，在這衰落的境況中，一片廢墟之上，展示着它朝氣蓬勃的魅力。

　　詩人面對這番風景，不由得心中升起了一陣惆悵：唉，鳥兒只管啼鳴；楊柳只知生出長長的柳絲，迎風擺舞，哪裏了解這世道變幻、風雲突起啊？

　　他再看那楊柳，一排排的，在暮春的和風細雨中，如煙似霧，給十里長堤披上一層朦朧柔軟的輕紗，把這長堤點染得如夢如幻，哪裏有一絲傷懷憶舊的樣子呢？

　　可詩人卻心潮起伏，難以平靜。他由歷史想到今天，大唐的盛世似乎已經過去了，等待着的是它不可避免的衰亡敗落啊！

　　詩人不禁陷入深深的迷茫與苦痛之中了。

　　台城位於今天南京市雞鳴山南方，干河之北。最早是三國時期吳國的後宮苑城，後來陸陸續續成為六朝時期的皇宮。因為東晉和南朝時期將朝廷禁城叫做「台」，所以稱為台城。作為三國、兩晉南北朝南方政權的所在地，台城發生了許多歷史事件，是許多悲歡離合的中心。南朝陳亡後台城荒廢，到了韋莊的時代——唐王朝已經繁華不再，遊覽遺跡，不免令詩人產生興亡之歎。唐代的另外一位我們很熟悉的詩人劉禹錫，也寫過一首《台城》：

> 台城六代競豪華，結綺臨春事最奢。
> 萬户千門成野草，只緣一曲後庭花。

金句學與用

六朝如夢鳥空啼。

　　繁華動蕩的六朝就這樣隨着王朝興亡過去了，只有煙柳圍繞的台城中鳥兒啼鳴。評論家對這句詩頗有好評，稱「六朝如夢」聲韻宏壯，給人興亡皆空的感慨。

冬　夜

唐 - 五代　韋莊

睡覺寒爐酒半消^[1]，
客情鄉夢兩遙遙。
無人為我磨心劍，
割斷愁腸一寸苗。

註釋

1. 酒半消：酒意清醒了一半。

睡到深夜，感覺爐火已經熄滅，寒氣襲人。喝醉了的酒意也有一半清醒了。客居他鄉的惆悵那麼深厚，夢覺家鄉的期待那麼渺茫。沒有人為我鑄一把心劍，來割斷我的愁腸，哪怕一寸之長也好。

1. 試總結出這首詩中表達詩人情感的關鍵詞。

2.「心劍」與「愁腸」這兩個詞，試分析它們精彩的地方。

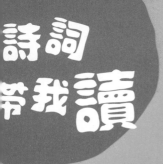

詩詞中的美景

詩人告別家鄉很久了。他無時無刻不在懷念家鄉的父老親人和一山一水，一草一木。可是，回家的路途何等遙遠啊！他怎麼敢有這份奢望呢？

他為考取功名，一直奔波了多年。客居的日子那麼長，仕途的道路那麼艱難，成功的希望多麼渺茫！

他只有夜夜醉酒以澆愁。這一夜，他喝了不少酒，又醉倒了。

深夜，他醒過來了，雖然還未完全清醒 ，也覺得寒冷襲人。他發現，爐火早已熄滅。他又思念起故鄉來了。他的故鄉在北方，極其遙遠的地方，不可能輕而易舉地就返回。

做客他鄉的惆悵此刻又在他心中湧動，使他不禁淚流。他知道自己夜夜做着家鄉的夢，這黃粱美夢啊，是那麼的真實，醒來才知原來夢一場，遙不可及。

這是一種怎樣深刻的痛苦啊？

只有朝家鄉的方向遠遠望去，向北方望去，心中祈求家人平安，自己早日功成名就，衣錦還鄉。夜已深深，曙色將至。 他呀，

又苦痛了起來，像是被甚麼深深刺痛了。

鄉愁，鄉愁，剪不斷理還亂的鄉愁，越思念，愈發的愁死人。

唉，此時此刻，多麼盼望有人能夠為他鑄一把心劍啊！哪怕用貂裘來換取，也值得。哪怕千金才能夠買來，也不吝惜。

假如手裏真有這樣的一把心劍，詩人就可以用它割斷愁腸，哪怕割斷一寸長也是好的呀！這人世間，只有鋼鐵鑄就的利劍，那裏會有甚麼「心劍」呢？這不過是詩人愁苦太重，壓抑太深，而發出的一聲感喟罷了。

這就是被稱作「最孤獨的感歎」的一首詩了。

詩詞小知識

　　韋莊經歷了唐王朝滅亡，之後又在五代十國中的前蜀做官，制定國家制度。他經歷兩朝，又從家鄉京兆（今天陝西省西安市郊外）到長安應舉，遭遇黃巢之變以後浪跡天涯，一直來到四川，可以說一生顛沛流離。韋莊作為唐末五代初的重要文學家，他的作品有兩種差別很大的文學風格。他的一些詩歌反映了唐王朝衰微覆滅時動蕩的社會面貌，普通百姓遭遇的苦難與他本人因此四處漂泊的心境，風格莊重，情調深沉。而同時他和溫庭筠又都是主要歌詠離愁閨怨，男女情思的「花間派」中成就比較高的詞人，並稱「溫韋」，韋莊的花間派詞作文辭清麗明朗，情致真切。

金句學與用

無人為我磨心劍，割斷愁腸一寸苗。

　　「心劍」和「愁腸」都是沒有實體的東西，但在這裏好像變成了可以拿在手上以及被割斷的東西，帶給人非常直觀的感受。而且，以請別人給自己磨出一把「心劍」，讓詩人自己割斷滋生出來的愁緒，又委婉地表達出詩人希望有人能夠來排解自己羈旅思鄉，孤獨憂愁之情的態度。

　　我們在寫作時，可以參考這種將無形之物賦予實處來表達自己感情的寫法。

春日偶成

宋　程顥

雲淡風輕近午天，
傍花隨柳過前川。
時人不識余心[1]樂，
將謂[2]偷閒學少年。

註釋

1. 余心：我的心。
2. 將謂：就以為，還以為。

這首詩詞講甚麼？

天上的雲淡淡的，清風吹拂，已經快到中午時分了。我在開滿鮮花、綠柳成蔭的路上漫步，穿過了前面的河流。當時的人們不會感受到我內心的愉悅，還會說我是忙裏偷閒地出來玩，想做個少年郎呢。

讀完想一想！

你獨自在外漫步欣賞風景，跟連同家人朋友一起出門，所見所聞和感受到的情緒有甚麼不同呢？

詩詞中的美景

　　詩人在山西任官職的時候，整日地待在書齋裏讀書或料理官務，沒有空閒與大自然親密接觸。

　　這一天，藍天上飄浮着珍珠色的淡淡的雲，和風輕輕地吹拂，處處鮮花盛開、綠柳成行，是個明媚的春日。

　　詩人漫步於鮮花翠柳之間，一邊欣賞着色彩繽紛的花兒，一邊觀賞柳絲長長隨風搖搖的意趣。他心裏充滿了對大自然的熱愛，感覺走出室外，「傍花隨柳」的快樂。

　　正當他陶醉於花的嬌媚芳香，柳的柔美多姿的時候，他已不知不覺走到了一條小河面前。看看日頭已經上升到中天，呀，中午了，是否該返回了？

　　如此美妙的景致，如此美妙的心情，詩人想：為甚麼我不多留連一會兒，在大好春光中陶冶一下自己的性情，放鬆一下身心，快樂逍遙起來呢？

　　平日忙於料理公務之餘，還要讀聖賢書，真的是個「套中人」啦！哈哈，今日難得有如此雅興，既然走了出來，那麼索性痛快地觀賞春光吧。

　　他就毫無顧忌地爽快地踏上小橋，穿過小河，來到另一處也是鮮花嬌豔、嫩柳成行的小徑上。哪知這裏別有一番天地，那桃花也正紅、杏花粉嫩、野草叢叢、蜜蜂蝴蝶亂舞；天空此時更晴朗了，萬里無雲，陽光更溫煦地照耀着，暖意融融。

　　詩人簡直樂開了懷，他想：「原來，大自然能夠治療老者的情緒啊。我已兩鬢飛霜，卻整日不得休閒，其實，心裏很苦的。今日自得其樂，率性而為，這麼東走走，西瞧瞧，步履覺得輕盈，心情也輕鬆多啦！這等美事，以後可要多多享受啊！

　　誰說我只是個正襟危坐的學者？這所有的人，看到我這副孩童似的模樣，一定要笑我了。他們怎會曉得我的樂趣何在呢？還以為我這是浪費着大好時光，不好好苦讀，而來這裏遊玩觀景，想做一回少年郎呢！」

　　本詩的作者程顥，他在儒學和教育方面的成就要更高，世稱「明道先生」。河南府洛陽（今河南洛陽）人，與弟弟程頤，世稱「二程」，同為北宋理學的奠基者，其學說在理學發展史上佔有重要地位。後來為朱熹所繼承和發展，世稱「程朱學派」。程顥認為，教育的目的就是要讓人們遵循天理倫常，向着成為聖人努力；而在讀書方面，程顥教育人們應該注重讀書方法，「讀書將以窮理，將以致用也」，不可「滯心於章句之末」。他本人撰寫的作品有《定性書》《識仁篇》等，後人集其言論所編的著述書籍有《遺書》《文集》等，都收入在《二程全書》。

時人不識余心樂，將謂偷閒學少年。

　　賞玩春光，是多麼快樂的事啊！即使是聞名天下的大學者，也有想在大自然中陶冶身心，體會天人合一的心情。

春　日

宋　朱熹

勝日[1]尋芳[2]泗水濱，
無邊光景[3]一時新。
等閒[4]識得東風面，
萬紫千紅總是春。

註釋

1. 勝日：原意是指與親朋好友相聚的佳節吉日，但在這首詩中，指的是風和日麗的晴好天氣。
2. 尋芳：踏青賞景。
3. 光景：風光景物。
4. 等閒：隨便，尋常。

一個晴朗的日子，我在泗水河邊尋覓春天的景色。發現風光景物無限。若非美麗的春日，就不會有如此的新氣象，我開闊了視野，感覺世界與我都煥然一新。是東風催開了鮮花朵朵，那萬紫千紅百花爭豔的風光就是春天哪。

有人說這首詩講述了作者遊賞春光的心情，也有人說朱熹作為儒家的著名學者，是在用遊春比喻學習遇到新知時眼界一新的感受，或者說是以「泗水」這個孔子曾經講學的地點指代聖人之道，這首詩是抒發作者追求聖人之道，希望它像春風一樣催化萬物。你覺得這幾種說法各有甚麼道理？

詩詞中的美景

一個晴朗的好天氣，我到郊外泗水邊尋覓春色。

只見晴空萬里，春神送來了東風；東風溫煦了大地，催發了百花爭豔、五彩繽紛、萬紫千紅的氣象，風光無限，景物一新。

蕭瑟的冬既然已去，那麼春神的光顧便是自然而然。遊春人賞景的同時，覺得視野開闊，心境也和景物一樣，煥然一新。

詩人明知那時的泗水，已被金人佔領，他是不可能去那裏遊玩的。那麼，他又為了甚麼要虛構這麼一個泗水遊春的詩意呢？原來啊，泗水在山東，正是當年孔夫子教授弟子，傳播聖人之道的地方。

詩人便於這首詩裏，暗含對儒家的崇拜之心，和對孔子的尊崇之意。

其中，「尋芳」，就是「尋道」。尋道至泗水，就是尋孔子儒家之道去了。感覺到「無邊風景一時新」，就是尋得「道」之後，感覺耳聰目明，身心都煥然一新了——從善如流、精心求道並悟得聖道之人，就像沐浴於東風之中，看到了百花爭豔萬紫千紅的芬芳的鮮花朵朵，很容易由此悟出了春的意境，從此人生有了導

引，煥發出了朝氣蓬勃、欣欣向榮、嶄新的世界觀、人生觀，視野與胸懷也隨之開闊，進入到一個新的境界。

　　如果渾渾噩噩過一世，永遠不去「悟道」，就只能有盲目的人生 。這樣的人，內心荒蕪，行為盲從，就會白白過了一生一世。

詩詞小知識

　　朱熹字元晦，又字仲晦，號晦庵，晚稱晦翁。祖籍徽州府婺源縣（今江西省婺源）。他是中國南宋時期理學家、思想家、哲學家、教育家、詩人。

　　朱熹是前文中提到的「二程」（程顥、程頤）一系的學者李侗的學生，他的儒學思想與二程的思想合稱「程朱學派」，被後世尊稱為朱子。他的作品有《四書章句集注》《楚辭集注》等，後人輯錄他的言行理論的作品有《朱子大全》《朱子集語象》等。其中《四書章句集注》成為之後歷代王朝欽定的教科書和科舉考試的標準。

　　朱熹同樣也是一位詩人，後人認為他的詩歌有不少都是抽象的，藉着寫景敍事來講述為學思考的道理。其中很有名的是《觀書有感二首》：

觀書有感二首

其一

半畝方塘一鑒開，天光雲影共徘徊。
問渠那得清如許？為有源頭活水來。

其二

昨夜江邊春水生，艨艟巨艦一毛輕。
向來枉費推移力，此日中流自在行。

金句學與用

等閒識得東風面，萬紫千紅總是春。

　　春天的樣子是很容易分辨的，春風和暖，吹出百花爭豔萬紫千紅。今天這兩句話已經脫離了朱熹在詩中更深一層求道求知的意思，更多時候被用來描寫人們眼中的無邊春色。

觀書有感二首·之一

宋　朱熹

半畝方塘一鑒開，
天光雲影共徘徊[1]。
問渠那得[2]清如許[3]，
為[4]有源頭活水來。

註釋

1. 天光雲影共徘徊：天空白日的光與雲的影子照在水中，搖曳着就像人影來回移動。
2. 那得：怎麼會。「那」在這裏通「哪」。
3. 如許：如此，這樣。
4. 為：因為。

這首詩詞講甚麼？

半畝大的方形池塘猶如一面光潔的鏡子，天空的光色和雲彩的影子映在水中，參差流動，交相輝映，時時現出美妙的變幻，像是天光與雲影一起在徘徊。

問問池塘，你為甚麼那麼清澈呢？原來是有源頭源源不斷地向它輸送活水啊！

讀完想一想！

這首詩的題目叫《觀書有感》，但詩中卻在講水塘的事情，這是為甚麼呢？

詩詞中的美景

在福建南溪書院裏，有一個半畝那麼大的方形池塘。池塘水量充沛，深邃而碧綠，而且非常清澈透明，一眼能望到底。

它猶如一面銅鏡，光可鑒人。

天上的光色和雲彩的影子倒映在水面上，時時變幻搖動，參差交替，恍然不定，好像在徘徊游離，幻夢似的，非常奇妙。

詩人不由得想對池塘提出疑問：你怎麼會如此清澈、如此透明呢？天光和雲影投射在你明鏡般的池面上，竟然變換出一幅幅妙不可言的畫圖來。

原來，這方池塘的水是活水，而非一泓死水。那活水來自何方？是源頭，池塘的源頭來自遠方，源頭的水源源不斷地流向池塘，所以這水，永遠不停地更新，也就沒有雜質而十分清澈了。

一方池水尚且需要不斷的更新交替，則做人，尤其要做個優秀的人，又怎能不時常讀書學習，總結經驗，使自己不致落後呢？知識最有力量，知識是生命的源泉。生命的源泉也須有源頭活水不斷的輸入啊！

詩詞小知識

　　詩中提到的方塘，位於今天福建省三明市尤溪縣城南郊公山上的南溪書院。這裏也是朱熹出生並接受啟蒙的地方。朱熹逝世後，南宋嘉熙元年（1237 年），當時的縣令李修在這裏修建了文公祠、韋齋祠、半畝方塘和尊道堂等建築，祭祀朱家父子。南宋寶祐元年（1253 年），宋理宗賜額「南溪書院」。現在這座書院是尤溪縣博物館，裏面的古建築還有開山書院、半畝方塘、活水亭、溯源處、觀書第、韋齋祠、毓秀坊、毓秀亭等。開山書院正堂立有朱熹的石膏塑像，兩旁是他手書的板聯四幅：「讀書起家之本，和順齊家之本，勤儉治家之本，循理保家之本」。

金句學與用

問渠那得清如許，為有源頭活水來。

　　這兩句詩看似說了一個很平常的道理，所謂「流水不腐，戶樞不蠹」，活水因為不斷流動，不斷有新水流加入所以不會變成腐臭死水，同樣經常活動的門窗栓也不會被蟲咬噬。從我們學習的角度，還可以將其昇華：要不斷學習，汲取新知，破舊立新，才能夠不斷進步。

春夜 / 夜直[1]

宋　王安石

金爐[2]香燼漏聲殘[3]，
翦翦[4]輕風陣陣寒。
春色惱人[5]眠不得，
月移花影上欄杆。

註釋

1. 夜直：直就是「值班、當值」的意思，宋代有翰林學士輪流值夜班的制度，隨時
   準備皇帝問詢或者處理緊急文件。
2. 金爐：銅製的香爐。
3. 漏聲殘：用來計時的漏壺中水快滴完了，天要亮了。
4. 翦翦：音同「剪」，指輕而帶有些涼意的夜風。
5. 惱人：撩人。

這首詩詞講甚麼？

　　銅爐裏的香灰已經燃盡。漏壺裏的水也快漏完了。春天夜裏的風也挺柔和，還帶着幾分涼意。夜晚的春色很美，招惹得我無法入睡，看看月兒慢慢地把花影移到了欄杆上。

讀完想一想！

　　這首詩和本冊中蘇軾的《春宵》都提到了春夜、月亮、花影、夜風，這兩首詩想要表達的感情是一樣的嗎？

詩詞中的美景

　　春天的一個夜晚，我正在翰林院裏值夜班。

　　因為近來心事重重，有關國事方面的消息很使我振奮，因而不能安眠。

　　既然如此，我有心查看一番：我發現香爐裏的香火早已燃盡；漏壺裏的水也將漏完。我知道夜色已深，天色將曙。

　　屋內，煙火的氣味很濃重，再說，冬的寒冷已經消逝，走出屋子欣賞春夜之境，卻也是難得的體驗。

　　我就這麼步出了房間，來到這院外。有詩云：「吹面不寒楊柳風。」形容江南春的風兒，恰到好處。

　　的確，夜風輕輕地掃過，柔柔地卻也帶着絲絲寒意。是詩意盎然的風，詩意盎然的夜！

　　宮禁裏靜靜的，所有的人都已進入沉酣的夢鄉。鳥兒都無聲息了。院內莊嚴宏偉的宮殿，在夜色裏更顯得巍峨不可侵犯。屋簷上的風鈴微微擺動。森森的松柏即使在夜間也放出一股股的清香。

　　那些五顏六色的各式各樣的花兒啊，都爭先恐後地怒放着，縷縷花香沁人心脾。

　　月亮今夜格外明亮，圓圓的，玉盤似的，高掛在夜空。夜空清澈如洗。此時此刻，月兒是這兒的主人，它本身美得令人驚心動魄，它放出的清輝給大地披上銀色的輕紗。景物都朦朦朧朧，如夢似幻，安詳中瀰漫着靈動神祕的氣息。

　　月兒的光照在花兒上，形成片片的陰影，斑駁而不雜亂。我觀看朵朵的花，和投在地上、牆上的陰影，真是迷人！

　　今夜無眠，方能賞玩春夜的美妙與奇特。不一會兒，那花影竟然隨着月兒的移動，慢慢地移上了欄杆。欄杆上斑斑點點、參差不齊，妙不可言。

　　大自然啊，你無盡的力量，創造出多少不可思議的美景啊！

　　夜晚的春色美得令人不想去休息。眼看月亮西墜，太陽就快由東方升起，新的一天又會降臨。而月亮主宰着天空和大地的夜景，也仍會復出，我們又會看到動人的春之夜晚。

詩詞小知識

　　我們聊起古人的生活，常常以為他們「日出而作，日落而息」，不會像現代人加班通宵工作。事實上，中國古代封建王朝位於朝廷中樞的官員們，也需要值夜班。武官值夜班，通常是負責巡邏保安工作。文官要做的事更多，他們會在夜間值班時起草文書或詔令，完成白天沒做完的工作，有時皇帝傳召，他們也要立即去面聖談論公務。值班閒暇，有了靈感的詩人們就會賦詩記錄自己在宮中值夜班的感受，以下可以閱讀兩首：

紫薇花
唐 白居易

絲綸閣下文書靜，鐘鼓樓中刻漏長。
獨坐黃昏誰是伴，紫薇花對紫微郎。

入直召對選德殿賜茶而退
南宋 周必大

綠槐夾道集昏鴉，敕使傳宣坐賜茶。
歸到玉堂清不寐，月鈎初照紫薇花。

金句學與用

春色惱人眠不得，月移花影上欄杆。

　　春天的夜色太美太吸引人了，令詩人無法入睡。隨着時間流逝月亮移動，花的影子也慢慢地爬上了欄杆。這兩句詩通過詩人雙眼所見景物的變化，響應了前兩句夜將過去天將破曉的時間線，靜中有動，令人印象深刻。

泊船瓜洲

宋　王安石

京口瓜洲一水間[1]，
鍾山[2]只隔數重山。
春風又綠江南岸，
明月何時照我還？

註釋

1. 一水間：中間只隔着一條長江。
2. 鍾山：即今天南京的紫金山。

這首詩詞講甚麼？

長江北岸的京口小城，和位於長江南岸的瓜洲，距離並不遙遠，中間只隔着長江這一條江河。

我的家鄉鍾山也只在幾座山巒的後面。

一年一度的春風又起，吹綠了大江南岸。明月啊，甚麼時候能照着我回到家鄉去呢？

讀完想一想！

我們在本書中，讀過唐代詩人在幾乎和王安石賦詩的同一地方寫下的《題金陵渡》。試比較兩詩的撰寫角度與感情。

詩詞中的美景

　　我乘一葉小舟由長江北岸的小城京口，很快就抵達了南岸，停泊在瓜洲渡口了。我站在瓜洲渡口，回首南望，看到京口和瓜洲這兩個地方，中間只隔着一條長江，距離並不遙遠。

　　我的家鄉江寧的鍾山，其實也算得上近在咫尺吧，它就位於幾座山巒的後面。

　　這次離開家鄉赴任，是奉詔行事，身不由己啊！雖說小舟停泊了，但還要繼續趕路。我可是頻頻回首望家鄉，禁不住思鄉之情湧上心頭。

　　鍾山，可是個風景秀麗的好地方啊！那裏青山翠綠，林木蒼鬱，四季常青。我的父老鄉親，都在那兒，那兒是養我育我的家啊！我熟悉而又十分熱愛的家鄉，此時我離你越來越遠了。這一去，前途未卜，因而我格外地想念鍾山。

　　我站在瓜洲渡口，向南望過去，但見春風駘蕩，一派綠意盎然，草木萌發，百花齊放。

　　一年一度的春如約而至，我的家鄉就在不遠之處。然而，我哪裏是個自由的人呢？我的未來，會越走越遠，我的心也離家越來越遠了。這是一件多麼使人悲傷的事啊！

我站在瓜洲渡口南望，我知道每個夜晚，月亮都會從東方升起，普照大地，照着京口，也照着瓜洲，鍾山也披上一層銀色的月光。

仕途艱險，世事難料，我憧憬山林的隱士，厭煩了官場的紛雜。

明月啊，甚麼時候，我能在你明麗的光輝照耀下，乘一葉小舟，迅疾地趕回家鄉呢？

詩詞小知識

中國古代文人撰寫作品，講究修辭煉字，即一定要揣摩推敲出最適合的字眼。王安石作這首詩就是一個煉字的典範，當他寫到這首詩的第三句「春風又綠江南岸」時，一連改了十幾個字，最後才定為「綠」字。南宋人洪邁《容齋續筆》卷八對此有具體的記載：

王荊公絕句云：「京口瓜洲一水間，鍾山只隔數重山。春風又綠江南岸，明月何時照我還。」吳中士人家藏其草，初云「又到江南岸」。圈去「到」字，注曰「不好」，改為「過」，複圈去而改為「入」，旋改為「滿」，凡如是十許字，始定為「綠」。

金句學與用

春風又綠江南岸。

 春風是看不見摸不着的，我們很難描述它的形狀。詩人從春風吹過以後萬物復甦，大地回春角度想，把看不見的春風轉換成鮮明的綠意盎然的視覺形象，非常生動。可謂是一字千金了。

元 日[1]

宋　王安石

爆竹[2]聲中一歲除[3]，
春風送暖入屠蘇[4]。
千門萬戶瞳瞳[5]日，
總把新桃[6]換舊符。

註釋

1. 元日：即正月初一，是新年的第一天。
2. 爆竹：古人認為燒竹子的時候竹子爆裂發出的響聲可以驅鬼。因此在新年辭舊迎
   新的時候爆竹辟邪，後來爆竹之名流傳下來，變成一種紙包裹火藥的節慶用品。
3. 除：離開，逝去。
4. 屠蘇：指屠蘇酒。這是一種藥草炮製的酒，古人認為新年喝這種酒，可以祛病強
   身，延年益壽。
5. 瞳瞳：溫暖明亮的樣子。
6. 桃：指桃符。

這首詩詞講甚麼？

舊的一年在爆竹聲中過去了。大年初一全家一起飲用屠蘇酒，感受溫煦的春意。千家萬戶眾多的人在這個新年太陽初升，發出耀眼的光芒的溫暖日子裏，紛紛除舊迎新，換下舊的桃符，貼上嶄新的。

讀完想一想！

詩中描述的新年風俗，有哪些我們今天還在遵守？

詩詞帶我讀

詩詞中的美景

　　我們中華民族有着深厚的文化和許多美好的風俗。

　　其中，每年正月初一的節俗，是最隆重的。

　　這一日，人們興高采烈地把竹子點燃，竹子會發出爆裂的畢畢剝剝的聲音，預示着舊的一年在爆竹聲中被驅逐了，迎來了嶄新的又一年。

　　這是多麼的振奮人心啊！在這個時令，嚴寒的冬季即將結束，溫煦的萬物更新的季節就要來臨。人們又怎能不為之歡欣雀躍呢？

　　想想吧，即將過去的冬天是那麼漫長，那麼蕭條：儘管大雪紛飛自有它壯美的一面，可那寒冷讓人瑟縮在屋裏，不能隨意地走到戶外做各種活動，是多麼的令人沮喪啊！這時候，每個人的心裏都會盼望春的降臨，那百花齊放、暖意融融的春天，在春節之後就會來到。

　　春風已經悄悄地，在人們熱烈地期待它的時候，開始吹遍大地了。

　　一家一家的人，一起享受着美好的春光，闔家開懷痛飲用屠蘇草浸泡的酒，感受着暖意融融的春，在團聚的新年陶醉一番。

這一天的太陽也與往日不同，它光芒萬丈，給人間送來溫暖，護佑着美好熱烈的節日。

啊，太陽，人世間怎能沒有你呢？ 你正月初一的太陽，不僅比平日更亮，也象徵新的一年開始了啊！沐浴着溫暖的陽光，人們還必須要做一件事：用桃木板寫上神荼、鬱壘兩位神靈的名字，懸掛在門旁，用來避邪。把舊的去年的桃符換下來。

春節，真是個和煦的、熱烈的、幸福的、萬象更新的節日喲！

詩詞小知識

本詩中的桃符，即是如今春節常見的揮春前身。東漢應劭《風俗通義》記載：古代傳說中有座度朔山上有棵巨大桃樹，樹下有神荼、鬱壘兩個專門捉拿妖魔的神人。於是老百姓就用桃木雕刻，或者在桃木板上畫出這兩位神仙的樣子懸掛在大門兩邊，藉以趨吉避凶。這個習俗流傳到五代時期，後蜀後主孟昶題寫「新年納餘慶，嘉節號長春」兩幅字，代替桃符懸掛起來慶賀新年，這就是最早的春聯。到了宋代，《東京夢華錄》記載過年節景，市井熱賣門畫、桃板、桃符，成為民俗一景：「近歲節，市井皆印賣門神、鍾馗、桃板、桃符，及財門鈍驢、回頭鹿馬之行帖子。」

金句學與用

千門萬戶曈曈日，總把新桃換舊符。

　　這兩句詩常在描寫春節萬象更新景象的文章中被人引用。亦有人將這兩句詩昇華，用來指代新形勢新環境下，人們迎接變化。

絕　句

宋　僧志南

古木陰中繫短篷[1]，
杖藜[2]扶我過橋東。
沾衣欲濕杏花雨[3]，
吹面不寒楊柳風。

註釋

1. 短篷：小船。篷是船帆的意思，小船配短小的船帆，在這裏是以帆代指船隻。
2. 杖藜：藜是一種植物，它的老莖很堅韌，可以做手杖。這裏是將藜莖當做手杖用的意思。
3. 杏花雨：清明前後杏花盛開的時候下的小雨。

這首詩詞講甚麼？

我乘一隻小船，沿溪水漂流，在一棵古樹濃密的陰涼裏，把小船繫在樹上。然後我倚着藜杖走過小橋，朝東而去。春天的小雨絲絲柔柔地飄揚，落在衣裳上，似濕而又沒有濕。東風吹得楊柳輕輕搖擺，吹在我臉上很愜意，寒意盡消。

讀完想一想！

1. 這首詩講述的是在甚麼季節發生的事？

2. 詩人這次出遊是怎樣的心情？

詩詞中的美景

　　美妙的春天來臨，樹林披上綠色的衣裳，百花齊放，太陽也溫暖多了。

　　我，一個山野僧人，年事已高，白髮蒼蒼，體力已不那麼充沛，但又怎能不渴望着走出寺廟，來一次春日遠足呢？

　　撐一隻帶篷小船，我於是順溪流而下，來到一片古樹濃密的陰涼之中。森森古樹，樹幹粗壯、虬枝盤結，顯示出了一種古典美。把小船繫在一棵古樹上，停泊在溪流中，我就扶着藜杖通過小橋，朝東走去。

　　美好的春日。太陽光亮地照耀，天朗氣清。淡淡的白雲漂浮在藍藍的天空。我頓覺心情舒朗明快起來。

　　一路上，野草茂盛，野花搖曳。那桃杏灼灼，片片雲霞般兀自怒放。楊柳被東風吹得搖搖擺擺，悠悠自在。

　　好一個春之美景！好一幅典雅的水墨畫圖！

　　我雖然已年老，心地依舊不服老。我雖然步履艱難，卻有一

根好的藜杖。它像是我最親密的伴侶，一路陪伴着我，扶着我慢慢行路。

我要感受駘蕩的東風，沐浴溫煦的豔陽。

絲絲春雨漂浮在空中，珠玉般落在我的衣衫上，似濕而又不濕──「杏花雨」，自古詩家如此稱呼這柔柔細膩温和的春之小雨，真是再恰當不過了。

那風呢，那和煦的東風，它吹着楊柳，使細細長長的柳絲東搖西蕩。它吹過來，彷彿温暖的手輕撫我臉龐，舒服極了。自古詩家稱它為「楊柳風」，好像風兒是從楊柳當中發出來似的。

小雨飄落，卻不用撐傘。風兒吹拂，卻沒有一絲寒意，怎樣美好的季節、怎樣愜意的旅行啊！

感謝造物，賜予我如此甘美的春！我能步出房門，賞玩花樹，在細雨微微、和風徐徐中杖藜前行，真的感覺身心俱爽，我是那麼的快樂啊！

　　詩中的「杏花雨」是指春天杏花盛開時下的雨，那麼「楊柳風」是楊柳抽芽的時候颳的風嗎？這個推測猜對了一部分，但不是全部。中國古代有「二十四番信風」的說法。南朝宗懍《荊楚歲時記》記載：「始梅花，終楝花，凡二十四番花信風。」也就是從冬到春的一百二十天裏，有八個節氣，每個節氣十五天，並分為五天一候，這二十四候分別對應一種花，應花期而來的風就叫花信風。其中清明節氣最後一候的代表花是柳花，這時候的風就被人叫做楊柳風。由於杏花也是在這前後開放，所以「杏花雨」對「楊柳風」，既說明清明時節多雨的天氣，也介紹了植物花期，是很工整的對仗。

金句學與用

沾衣欲濕杏花雨，吹面不寒楊柳風。

　　春天細雨綿綿，風也變得溫暖，很適合出遊。這兩句詩通過工整的對仗，應和時令的植物與天氣意象，給人清新適意的感覺。

　　這句話很適合大家寫春遊作文時使用，來描寫自己歡快寫意的心情。

遊山西村

宋　陸游

莫笑農家臘酒渾，豐年留客足[1]雞豚。

山重水複[2]疑無路，柳暗花明[3]又一村。

簫鼓追隨春社近，衣冠簡樸古風存。

從今若許[4]閒乘月[5]，拄杖無時夜叩門。

註釋

1. 足：足夠，豐足。這裏指的是農家為客人準備有雞有肉的豐盛菜餚。
2. 山重水複：一座座山，一條條河流交疊。
3. 柳暗花明：柳條顏色深濃，花色明亮鮮豔。
4. 若許：如果能，要是還能。
5. 閒乘月：空閒時趁月色而來。

不要笑話農家臘月裏釀造的酒漿酒色混濁，酒味淡薄。豐收的年景，客人來了，農民們殺雞宰豬，家宴豐盛。

一重重山、一道道水，交相重疊，迷迷茫茫似已無路可走，忽然間，排排柳樹柳色青青，簇簇山花爭奇鬥豔，又一個明麗的村莊出現在眼前。

春社的日子近了，農民們祭拜土地神祈求豐收年，簫聲鼓聲追隨而來。農家換上了新裝，但仍是氈帽布衣，可見古老的簡樸風俗。

從現在起，若是允許我隨時拜訪，那麼我可能踏着皎潔的月色拄着拐杖前來，輕輕地叩響農家的柴門。

1. 試描述你在村莊生活，或者去村莊做客時村民的生活。

2. 這首詩中，描寫了村民哪些日常活動呢？

讀完想一想！

詩詞中的美景

　　遇到豐收的好年景，來農家做客，可不要笑話他們臘月裏釀造的酒漿酒色混濁、酒味淡薄啊！既然留住了客人，那麼村民們總要殺雞宰豬、山野菜餚一應俱全，豐盛的家宴會擺上桌的。

　　這裏的村莊數也數不清。一重重山、一道道水，交相疊映。行走在青翠的山巒和蜿蜒的溪流之間，只見花木掩映、青翠欲滴；溪流清澈，汩汩流淌。恍恍惚惚彷彿迷了路，不知再往哪裏而去，以為就到了盡頭，再也沒有村莊可以拜訪了。只好繼續前行，正當迷失的時候，猛然間，茂密的柳樹柳色青青，野性的山花花色爛漫，又一處村莊出現在眼前了。

　　江南就是如此的迷人。猶如一幅幅明媚的山水畫卷。

　　特別是立春後的節日春社這一天，人們會祭拜土地神、祈求豐收年。聽啊，那簫聲吹響、鼓聲奏鳴，增添了濃郁的氣氛，熱鬧非凡。

　　在這喜慶的節日，人人都換上了新衣，但是仍然氈帽布衣，一派簡樸的古老風俗隨處可見。

　　這麼美麗的地方，這麼盛情的款待，真的讓我心存感激，且覺得興味無窮。從今往後，如果允許我隨時來拜訪的話，那麼我不僅僅白天來叩門做客，也可以在夜間踏着皎潔的月光、拄着拐杖前來，輕輕地叩響農家的柴門。

詩詞小知識

　　陸游這首詩中有一句「簫鼓追隨春社近」。春社是中國傳統的節日，也是中國最古老的節日之一。不過現在我們已經幾乎不慶祝它了。它主要是為了祭祀土地神，即「社」，時間在不同年代，有春分前後、二月初二、二月初八、二月十五等。《詩經・小雅・甫田》曾描述社日祭祀以求風調雨順，莊稼豐收的場面：「以我齊明，與我犧羊，以社以方，我田既臧，農夫之慶。琴瑟擊鼓，以御田祖，以祈甘雨，以介我稷黍，以穀我士女。」陸游也有一首《賽神曲》，描繪了宋代春社祭祀土地神的場面：

綠袍槐簡立老巫，紅衫綉裙舞小姑。

老巫前致詞，小姑抱酒壺。

願神來享常驩娛，使我嘉穀收連車。

……

神歸人散醉相扶，夜深歌舞官道隅。

　　春社有官方和民間的區別，在民間，春社不但是重要的祭祀活動，還是大家放下工作，盡情歡樂的日子。在陸游生活的宋代，人們喝酒吃肉，玩相撲、鬥草、蹴鞠，還可以去看社戲——看社戲這一項活動，直到清末民初魯迅先生生活的時代，仍風行於他的家鄉。

金句學與用

山重水複疑無路，柳暗花明又一村。

　　在原詩中，詩人也許用這兩句詩描寫鄉間山水相疊，花柳繁茂，他在遊覽途中以為沒有路了，結果兜兜轉轉又見到新風景。不過隨着時代變遷，人們也用這兩句詩勉勵他人做事遇到困難時不要灰心，可以另尋方法，說不定就可以在探索中意外發現新轉機。

遊園不值[1]

宋 葉紹翁

應憐[2]屐齒印蒼苔，
小扣[3]柴扉[4]久不開。
春色滿園關不住，
一枝紅杏出牆來。

註釋

1. 不值：沒有機會，沒有成功。
2. 應憐：大概是憐惜。
3. 小扣：輕輕敲。
4. 柴扉：用木柴製作的粗糙的門。

這首詩詞講甚麼？

詩人這一日，因慕名小園主人而特意前往拜訪。大概是擔心訪客木屐的齒踩壞主人喜愛的青苔。他輕輕地敲那扇柴門，卻久久都沒有人來打開。失望之餘，他看見園內春意盎然，一枝紅杏伸出牆外。

讀完想一想！

有人說，這首詩講的是作者拜訪隱士，就像《尋隱者不遇》一樣，只能通過杏花這樣的景物來表達對隱士的憧憬；也有人說這是作者尋春賞春的經歷，你是怎麼想的？

詩詞中的美景

　　有那麼一個小園，裏面居住着一位德高望重的主人。他不慕榮利，不羨仕途，不意與人交往，擇僻地而築小園。小園面積雖不算大 ，可是看起來典雅古樸，體現出主人傲世自賞的性格。

　　這一日，詩人很想面見小園主人，與他攀談一番，覺得定會有所收益。

　　於是他舉步前往。快到小園的時候，只見遍地佈滿斑斑駁駁的蒼翠的青苔，可見那裏人跡罕至，小園主人是不輕易出門，也不隨意與人交往的。然而，「門前冷落車馬稀」，可也未必就能隱藏得那麼深吧？

　　這不，詩人正興致勃勃地走到了小園的一扇柴門前站住了。他輕輕地叩門，彷彿生怕驚動了裏面那位不入俗世的隱者。

　　他就這樣輕輕地叩響柴門 ，但是幾次都沒有人來給他開門。直到過了好一會兒，方才見一位僕人把門打開了。

　　詩人緊張的心情總算放鬆了些，卻又聽那僕人說主人不在家，外出有事去了。問問何時能歸來，回答說有要事要辦，不會很快回來。

　　詩人的熱望瞬間消失，悵然之情油然而生。

　　既是這樣，詩人就不便進去打擾，只有就此告辭了。可是他卻不

忍立即離去，仍在那柴門外徘徊猶豫。

小園主人喜好寧靜，門前冷寂。那斑斑的蒼苔和遲遲才來開門的僕人，說明了來訪者不多，主人也很少出門去。

詩人此刻愈發仰慕小園主人了。

他失望之餘，抬頭向四面觀望，他看見前面是幾排柳樹。柳絲正在悠閒地飄揚，似是陶醉於春風的惠顧之中而心生感激，於是輕輕漫舞。

遠處望去，桃紅柳綠，原野上五色繽紛，煞是好看。

這個小園裏面是甚麼樣的佈局、甚麼樣的景觀呢？詩人沒能進去欣賞，很感遺憾。

春光正好。若是能夠進得門去，園內定有另一番風景，正可謂：賞心樂事一小圓，姹紫嫣紅開遍。詩人忽然發現：一枝紅杏從那高高的牆頭伸了出來，兀自美美的怒放着花朵。

他對着這根枝條看了好久：褐色枝條上數朵杏花，花蕊清晰可見。獨此一枝，越過牆頭，迎風微微擺動，給人驕傲、不羈的感覺。紅杏枝頭春意鬧，一枝春可見滿園春色。

這不就是小園主人的象徵嗎？韜光養晦，德行持重，門戶不常開，卻無法讓人不仰望不尊重。

好美啊！小園春色！

詩詞小知識

　　杏花是春天常見的花朵，古代詩詞中的杏花濃豔美麗，代表春天蓬勃旺盛的生命力，體現出天然不加矯飾的清新自然感覺。這樣的杏花，從代表封閉、阻隔、掩藏的墻頭探出，可謂別有情致。除了葉紹翁著名的《遊園不值》，歷代也多有攀出墻頭的杏花，供文人吟詠，在此選取幾首供擴展閱讀：

杏花
唐代 吳融

粉薄紅輕掩斂羞，花中佔斷得風流。
軟非因醉都無力，凝不成歌亦自愁。
獨照影時臨水畔，最含情處出牆頭。
裴回盡日難成別，更待黃昏對酒樓。

馬上作
宋代 陸游

平橋小陌雨初收，淡日穿雲翠靄浮。
楊柳不遮春色斷，一枝紅杏出牆頭。

杏花雜詩
元代 元好問

杏花牆外一枝橫，半面宮妝出曉晴。
看盡春風不回首，寶兒元自太憨生。

金句學與用

春色滿園關不住，一枝紅杏出牆來。

　　這兩句詩是景中含情寓理，給人以哲理啟示。「春色在這麼一「關」一「出」之間，衝破圍牆，探出牆外，它在春天顯示出的蓬勃生命力是不會被牆壁阻擋的。後來人們將這兩句詩的含義昇華：新生事物一定會衝破重重困難，脫穎而出。

夜書所見

宋　葉紹翁

蕭蕭梧葉送寒聲，
江上秋風動客情[1]。
知有兒童挑促織[2]，
夜深籬落[3]一燈明。

註釋

1. 客情：旅客思鄉之情。
2. 促織：蟋蟀。
3. 籬落：籬笆。

這首詩詞講甚麼？

秋季多悲風，吹得梧桐樹的葉子嘩嘩的響，天氣寒冷了。秋風吹到江面上，牽動了離開家鄉的旅客的思鄉之情。

我知道有幾個兒童在捉蟋蟀，因為我看到籬笆旁有一盞燈發着亮光。

讀完想一想！

你小時候最喜歡玩的遊戲是甚麼？它們令你想起兒時的甚麼趣事？

詩詞中的美景

　　大丈夫志在四方，因為求取功名，詩人遠離故鄉，奔赴他鄉。

　　年復一年，有誰知道旅居在外的人，心中是多麼的孤獨啊！

　　詩人就處於這種環境之中。忙碌了一天，到了夜晚，常常因思念家鄉而輾轉反側，不得安眠。

　　繁花盛開的熱烈的夏季過去了，不再是清晨露珠滾動在花和葉片上，而是白霜鋪滿田野，秋風蕭瑟，草木搖落，天氣轉涼的時候了。

　　尤其是深秋的夜晚，那風颳得梧桐樹嘩嘩的響，發出悲聲，梧桐樹葉紛紛下落。

　　客居江岸的小旅舍裏，江面上的大風吹動江水洶湧奔流。陣陣秋風傳了過來，詩人更是難以入眠，忍不住地思念家鄉和親人了。他站在窗前觀望，遙想着家鄉的方向，揣摩着親人此時正在做甚麼，是否也在思念着自己呢？路途遙遙，何時能夠與親人團聚呢？

　　詩人啊，這種時候更覺悲涼。蕭蕭的風聲攪得他心神不寧。

　　他於是去看附近不遠處的小村莊。燈火點點，稀稀落落的忽明忽暗。景物於暗夜中依稀可見。

　　猛然間，他發現近旁地方有一面籬笆牆。在籬笆下面，有一盞明亮的燈。幾個兒童蹲伏在地上，手拿細細的樹枝，正在泥土的孔隙中挖着甚麼。他立即明白了，這是他童年少年時期曾經玩過的，他們幾個在捉蟋蟀。

　　這情景觸動了詩人的心。啊，假如時光倒退幾十年，那幾個兒童裏，就會有一個是我。我小的時候，也不止一次地做過這樣的事啊！

　　他完全地沉浸在回憶裏了。

　　人生苦短，轉眼就是百年。忽忽然已離家數載，而今功不成名不就，卻依然流落他鄉不得歸。兒童少年時無憂無慮的歲月再也不復來了。

詩詞小知識

我們知道秋天很多樹木都會落葉，為甚麼詩人在這裏選擇梧桐呢？這是有着文化上的傳統的。梧桐樹在秋天落葉比較早，有「梧桐一葉落，天下盡知秋」的說法。而且梧桐挺拔高大，有鳳棲梧桐的傳說，代表着高潔美好的品質，因此梧桐感秋而落葉，能夠引發文人的悲秋情緒，若是在外的旅人，還能夠勾起羈旅之思。風吹桐葉，雨打梧桐，冷月疏桐，都是憂愁寂寞的意象。元代散曲家徐再思有一首《水仙子·夜雨》，其中梧桐葉傳遞秋聲，令人思鄉的情緒，與本篇葉紹翁的詩可以呼應：

> 一聲梧葉一聲秋，一點芭蕉一點愁，三更歸夢三更後。
> 落燈花，棋未收，歎新豐孤館人留。
> 枕上十年事，江南二老憂，都到心頭。

金句學與用

蕭蕭梧葉送寒聲。

 梧桐葉在秋天凋落，風吹動葉片發出聲響，也就預示着秋天的寒意，以及之後更寒冷的冬天要來臨了。這句詩很適合在描寫節令的時候使用。

春 宵

宋　蘇軾

春宵[1]一刻值千金，
花有清香月有陰[2]。
歌管[3]樓台聲細細，
鞦韆院落夜沉沉。

註釋

1. 春宵：春天的晚上。
2. 月有陰：月亮照着花投下一片片陰影。
3. 歌管：歌聲與絲竹樂器的聲音。

春天的夜晚，每一個短暫的時刻都千金難買。

花兒放出清香。月兒照得花下一片片陰影。

樓台亭閣上歌樂管樂之聲柔曼清揚，放置鞦韆的院落黑沉沉的夜已深。

1. 你家附近的春夜景象是怎麼樣的？

2. 詩中「春宵一刻值千金」，指的是春天的光陰非常珍貴，你還能想出哪些類似的詩句？

詩詞帶我讀

詩詞中的美景

　　春天的夜晚，哪怕極短暫的時刻，也價值千金啊！

　　美麗的花兒：牡丹、芍藥、玫瑰、薔薇、桃花、杏花……在這春夜都會悄然開放，把它們嬌嫩的花苞慢慢、慢慢地綻開，於是一朵朵嬌豔的花兒，就亭亭玉立於枝頭之上了。

　　無數的花兒也會在綻開的同時，釋放出縷縷清香，多麼奇特絕美的自然景觀喲！

　　那天上的月兒，看到花兒如此可愛，也來助興，每個夜晚都把它的清輝投放在花枝花樹的下面。花影時時移動變換着，清涼、妙曼的花之影，美妙得攝人心魄，因而有詩曰：「月移花影動，疑是玉人來」。

　　月兒弄影，暗香浮動，這也是自然恩賜給人的一樁賞心樂事！

　　還有那些富貴人家，在這溫煦的春之夜晚，盡情地享受輕歌曼舞的快樂，在樓台亭閣上過起了豪奢的夜生活。

　　聽啊，一陣陣的歌聲、管樂聲，瀰漫於沉靜的夜空。歌者大展歌喉，樂師狂熱地演奏着。聲樂、管樂齊鳴，合成漫天的絕妙音響，擁抱着沉沉春夜。舞者也翩翩輕快地旋轉，跳出醉人的舞步。

可是那放置着鞦韆的院落啊，卻在越來越黑暗的深夜，靜靜的毫無聲響。

一邊是狂歡之夜，一邊是深夜沉沉寂靜的院落。

啊，春的夜啊，你包容萬象！

詩詞小知識

我們都知道，蘇軾是宋代著名的詞人。《念奴嬌‧赤壁懷古》《水調歌頭‧明月幾時有》都是他膾炙人口的名篇。蘇軾也是一位高產的詩人，他一生據說寫了兩千七百多首詩，並且在唐詩這一高峰之後，開創了新時代的詩風。蘇軾的詩主要有以下幾種藝術風格：

1. 現實主義題材詩歌的借古諷今，關心民間疾苦。
2. 寫景詩清新優美，充滿趣致。像《惠崇春江晚景》的「竹外桃花三兩枝，春江水暖鴨先知」，就是很好的例子。
3. 以景寓理的詩歌富有哲思。比如《題西林壁》中「不識廬山真面目，只緣身在此山中」，就教育讀者全面認識事物要克服各自視野的片面性的道理。
4. 語言通俗易懂，比喻豐富奇妙。

金句學與用

春宵一刻值千金。

　　美麗的春夜，時光非常珍貴，因此要格外珍惜。我們也可以把這裏的「春宵」換成「青春」、「學習生涯」等詞。

惠崇春江晚景

宋　蘇軾

竹外桃花三兩枝，
春江水暖鴨先知。
蔞蒿[1]滿地蘆芽短，
正是河豚欲上[2]時。

註釋

1. 蔞蒿：又叫蘆蒿、白蒿，一種生於水邊的植物，嫩莖可以吃。
2. 上：河豚每年春天會逆江流而上產卵，古人認為這個時候的河豚味道是非常鮮
美的。

這首詩詞講甚麼？

　　春天來臨，竹林外的幾株桃花盛開了殷紅的花朵。

　　鴨子一群群地游弋在江面上。牠們似乎最早感受到了江水已經變暖，一隻隻快活地跳入江中。

　　河灘上的蔞蒿也茂密地生長出來了。蘆葦抽出了嫩嫩的短芽。河豚每年的這個時候，要從大海游回到江河。人們用蔞蒿和蘆葦的短芽做佐料來烹飪河豚，那味道真是鮮美啊！

讀完想一想！

　　蘇東坡是一位喜好美食的文學家，這首詩中的蔞蒿、蘆芽、河豚，都是當時人喜愛的應節食品。你還讀過蘇東坡哪些包含了美食的詩句？

詩詞中的美景

　　早春二月，陽光明媚，春光燦爛。江南的春啊，多麼令人迷醉！

　　看那茂密的竹林，一場濛濛細雨之後，竹筍爭先恐後地鑽出地面，生長的速度那麼快，直追朝天的一杆杆翠竹。

　　桃花今年也應時開放了。竹林外總有那麼幾株桃樹，兀自挺立，絲毫不怯懦似的，盛放着殷紅的花朵，花蕊清晰可見。

　　江水也漸漸地變得溫暖了。看那群群的鴨子，在那江面上游來游去，悠然自得，好爽快啊！

　　莫非鴨子最先覺察到此時的江水已經暗自變暖了，才那麼快樂地跳到水中，嬉戲、尋找食物？可愛的小精靈啊！

　　林木綠了，花兒開了，杏花雨、楊柳風，雨後春筍，鴨子戲水，這一切都表明，春天降臨了。嚴寒退去，大地上一派欣欣向榮，萬物更新的景象。

　　河灘上也有豐富的景觀：蔞蒿，這小小無奇的草本植物，也

乘着春興，佈滿了河灘。還有那蘆筍，都不甘落後地抽出了短短的嫩芽。這都是大自然賜予人們最好的禮物啊！

　　河豚，也在初春時節，開始迴游，從大海游回江河。河豚這種魚，雖說有毒，但是，聰明的人們，把牠加工後，再用河灘採來的蔞蒿和蘆筍的嫩芽做佐料，把河豚烹飪一番，就得到味道鮮美的一道佳餚了。

　　僧人惠崇畫了一幅《春江晚景圖》，詩人蘇軾詩興大發，給《春江晚景圖》賦詩一首，就是這首《惠崇春江晚景》。他倆從早春欣欣然的氣象中提取素材，體現出江南春天濃郁的生活氣息，真的讓人陶醉了。

　　蘇軾的《惠崇春江晚景》，是觀看了一名叫做惠崇的僧人繪製的《春江晚景》寫成的。惠崇是北宋的著名僧人，他能寫詩，也能畫畫，和蘇軾關係很好。他的《春江晚景》一共有兩幅，一幅是《鴨戲圖》，即本詩所描寫的畫面；另一幅是《飛雁圖》。蘇東坡為後一幅畫也題了一首名為《惠崇春江晚景》的詩：

　　　　兩兩歸鴻欲破群，依依還似北歸人。
　　　　遙知朔漠多風雪，更待江南半月春。

金句學與用

春江水暖鴨先知。

　　在水中游弋的鴨子，是最快感覺到冬去春來，江水變溫暖的。這句詩也被後人用在文章中，表示處在某種環境下，會預先感受到環境變化的徵兆。

題西林壁

宋　蘇軾

橫看[1]成嶺側成峰，
遠近高低各不同。
不識[2]廬山真面目，
只緣[3]身在此山中。

註釋

1. 橫看：從廬山的正面（即與其南北走向垂直的東西兩側）看山。
2. 不識：不能認識。
3. 緣：因為。

這廬山，站在它前面，由東往西看，或由西往東看，它是一道山嶺。如果站在它的側面看，重巒疊嶂，相互掩映，則它就是山峰前後交疊了。

站得遠些或近些看，廬山的面目不相同。站得高些或低些，廬山的形狀又不一樣了。遊人到現在也不知廬山到底是甚麼樣子，只因身在山中，無法見其全貌。

雖然香港本地的山峰不及世界遺產廬山高聳如雲，雄奇險秀，但行山也有樂趣所在。嘗試描述你在行山時觀看山峰的感想。

詩詞帶我讀

詩詞中的美景

　　話說這人生，怎麼就那麼千差萬別呢？同樣的都是人，精力、體魄也差不了太多 ，可是這一生一世走了過來，所經歷的和最終的結果，那就相差得太多了。

　　想來想去，除了天時地利人和確實有着差別，還有就是這思想，也就是認知與辨別能力，每人都不盡相同的緣故了。

　　詩人和友人遊歷江西廬山的時候就受到啟發，寫出這首膾炙人口的佳作。

　　他說廬山的形狀，不論站在哪一個角度觀察，結果都不一樣。

　　當你站在廬山前面，此時廬山呈現出由東到西的形狀時，那麼廬山是橫向的，是一道連綿起伏的山嶺。

　　假如站在廬山側面來看的話，那麼廬山是重巒疊嶂，交互掩映的，給人的印象就是座座山峰前後交錯。

　　當你站得高一點兒、或低一點兒、遠些、或近些的時候，廬山的面目看起來都會有所不同。

　　為甚麼不同的角度，看到的盧山的面目會有所不同呢？

　　盧山到底怎麼描繪它，才是最客觀、最正確的呢？

　　詩人明白了，只因為自己身處盧山之中，才不能夠看到它到底是甚麼樣的形狀？只有走出盧山，站到一個更高更遠的角度，那時能觀察到它的整體，方可對它的面目有客觀的描述。

　　即是說，我們想要對某一事物或某一人有清晰正確的認識，就需要站在客觀立場上，去觀察了解，那樣的話，判斷分析出來的結果才可能比較符合實際，比較正確。

　　是這樣的吧，諸位？

　　詩人在江西盧山遊歷的時候啊，觀看到大自然，聯想到人生哲理，真的有許多的感慨啊！

詩詞小知識

　　盧山，又稱匡山、匡廬，位於中國江西省九江市，是聯合國教科文組織評定的文化遺產和世界地質公園，同時還是中國國家 5A 級旅遊景區和文明旅遊風景區、世界名山大會的發起者。它的特點是「雄」、「奇」、「險」、「秀」，有「匡廬奇秀甲天下」美譽。自東晉以來，有四千餘篇文學作品以盧山為題，古代的司馬遷、陶淵明、王羲之、白居易、李白、蘇東坡、朱熹等著名人物，以及近現代的政治人物蔣介石、毛澤東等都遊覽過盧山。蘇軾留下《題西林壁》這首詩的地方在盧山北麓的西林寺，它是東晉太和年間建造的古剎，唐玄宗曾下令重修。今天經過現代人重建修復的西林寺，還矗立在盧山向遊人開放。

金句學與用

不識盧山真面目，只緣身在此山中。

　　這兩句看似平實淺白的詩，說明了一個很深刻的觀察世上事物的道理：由於每個人的立場、閱歷、知識水平不同，他們看問題的出發點不同，對客觀事物的認識都有一定的片面性；只有跳出自我，才能全面地認識事物。

花 影

宋　蘇軾

重重疊疊上瑤台，
幾度[1]呼童掃不開。
剛被太陽收拾去[2]，
卻教[3]明月送將來[4]。

註釋

1. 幾度：好幾次。
2. 收拾去：日落花影消失，好像被太陽帶走了。
3. 教：讓。
4. 送將來：送過來。「將」是語氣助詞。

這首詩詞講甚麼？

　　花兒的影子，重重疊疊地落在華貴的亭台。幾次呼喚童子去掃它，也掃不掉。

　　太陽剛剛落山，花影就不見了。可是月亮升起的時候，花影又出現了。

讀完想一想！

　　蘇東坡的詩，很多看似平淡卻回味雋永，包含着他本人的哲學思考與政治抱負。你認為這首詩除了描寫園中花兒的影子，還可能隱喻甚麼？

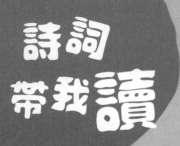

詩詞中的美景

　　花兒，那麼鮮豔漂亮，有誰不喜愛花兒呢？

　　可有誰對花兒的影子百般稱讚過？無論是富貴牡丹、山野牽牛；或是中秋賞月不可或缺的菊花、臘月裏傲雪盛開的梅花……不都有影子嗎？

　　「如影隨形」，說的就是：有形的物體，都會有影子。花影不過特別的美妙罷了。

　　花影不招即來，揮之不去。這不，詩人看到亭台上投下的花影。因為那些花兒長勢良好，枝葉繁密，所以花影就格外顯得厚實，重重疊疊。

　　不知怎回事，只要有陽光，那花兒就有影子。那影子還隨着太陽的移動，忽而西，忽而東；忽而左，忽而右；忽而長，忽而短；忽而高、忽而低；忽而繁密，忽而稀疏；忽而隨風搖擺、忽而沉凝不動；有時看得出是哪一朵花、哪一片葉、有時參差不齊亂了套；有時看得出是哪一種花，有時撲朔迷離分不清，千變萬化，層出不窮。

　　詩人善於觀察，對花影發生了極大的興趣。最後他覺得實在

不可思議，就讓一個童子拿一把掃帚，去掃那花影。

　　豈知那些花影怎麼用力也掃不掉。掃了許多遍，卻依然故我地紋絲不動。

　　這時詩人恍然大悟了：原來花影是大自然賜予人們的一個小小奇觀，是光線投影所致，非人力所能為，也非人力能夠掃除得掉。

　　而當夕陽西下，太陽落山，一片昏黑之時，花兒就孤孤單單，再也沒有影子忠實的跟隨着它了。

　　太陽給了花兒影子，太陽又把花影收了去。

　　明月緊跟着由東方升起，慢慢地向西方移動。月亮的銀灰灑滿大地。那些花兒，又被賦予了影子，在昏矇的夜裏，迷迷濛濛、影影綽綽、隨着月亮的西移而變幻莫測，更加的神祕，愈發的妙不可言。莫非，夜間的花影，是月亮送來的嗎？

　　不論怎樣，花影的確精緻、奇特、美麗、神祕而又不可思議。大自然的奇思妙想、鬼斧神工喲！

　　蘇軾，字子瞻，眉州眉山（今四川省眉山市）人，北宋時著名的文學家、政治家、藝術家。有《東坡先生大全集》及《東坡樂府》詞集。他的散文、詩、詞、賦均有成就，且善書法和繪畫，是文學藝術史上的通才。蘇軾散文位列唐宋四家，與唐代的古文運動發起者韓愈並稱為「韓潮蘇海」，也與歐陽修並稱「歐蘇」；更與父親蘇洵、弟蘇轍合稱「三蘇」，父子三人同列唐宋八大家。蘇軾之詩與黃庭堅並稱「蘇黃」，又與陸游並稱「蘇陸」；他的詞屬於豪放派，與南宋辛棄疾並稱「蘇辛」。藝術方面，書法名列「蘇、黃、米、蔡」北宋四大書法家之首；他還是湖州畫派的開創者。

　　在政治上，蘇軾與同時代的王安石政見並不相合，反對過於急切激進的變法；同時他也不讚同司馬光為首反對一切革新的舊黨，因此遭遇新舊兩黨的抨擊，仕途失意。後人分析《花影》這首詩，認為蘇軾將重重疊疊，去而復來的花影比作政壇上仗着當權者（太陽、月亮）層出不窮的阻撓者，抒發自己有志難酬的情緒。

金句學與用

剛被太陽收拾去，卻教明月送將來。

　　花在陽光和月光下都會有影子，這是自然現象。作者用了擬人的手法，好像太陽月亮負責收拾安置影子，淺白生動，引人入勝。

清 明

宋　王禹偁

無花無酒過清明，
興味蕭然[1]似野僧。
昨日鄰家乞新火[2]，
曉窗分與讀書燈。

註釋

1. 蕭然：清淨冷落。
2. 新火：唐宋習俗，清明前的寒食日禁火，到清明節再重新點火使用，稱為「新火」。

沒有花可欣賞，也沒有酒來澆愁。興致和趣味竟然如同山野僧人似的枯寂寡歡。昨天向鄰居家討來了寒食過後的新火，拂曉時分趕緊點燃了油燈，好供我讀書。

1. 這首詩體現出作者的何種品格？
2. 在大家過節或者出去玩樂的時候，如果你要在家學習，你會用甚麼方式來調節心情？

詩詞中的美景

我是一介寒士，唯以讀聖賢書為樂。

清明節這一天，對我這樣的人來說，是非常清苦的。

春季已經來臨。處處鮮花盛開，綠柳成行，春風駘蕩，細雨濛濛。大好的賞花時節。人家都外出到郊野去踏青。昨日寒食節，這個風俗是為了紀念古人介子推而設立的。因而這一天，不准舉火燒炊，只能吃冷食。寒食一過，就可以生火做飯了。

對於詩人來說，鮮花與美酒是不可或缺的。這兩樣東西能夠激發靈感，詩人們常詠詩讚美鮮花和美酒。可是，我卻在清明節，面對空空四壁，既無錢買花也無錢買酒，就這麼冷冷清清地獨自一人過節。此時的我呀，興致趣味可不就和山野寺廟裏的和尚一樣嗎？所謂的六根清淨、四大皆空。空空如也，無花無酒過清明！那熱熱鬧鬧踏青的人群，早已把我這個清冷貧寒的人忘記了。

我真的是精神萎靡、意趣蕭然、無所事事的枯寂之人嗎？不是的。清貧之人，清淨度日，正可以天馬行空，我行我素，不以物喜，不以己悲。

幸好昨日寒食一過，我向鄰居討來一束剛剛點燃的薪火，天才矇矇亮，就趕緊用它把油燈點亮。

誰說我意趣蕭然呢？讀書不是我自小的志向嗎？雖說我已經可以稱作飽學之士了，然而天下的書是讀不完的，我就要在這盞一直伴隨我讀書由拂曉到深夜的小油燈前，繼續苦讀。

「吾生也有涯，而知也無涯」。賞花有賞花的樂趣；飲酒有飲酒的樂趣，讀書呢，自有讀書的樂趣——讀書之樂，其樂無窮也！

詩詞小知識

王禹偁，字元之，山東人，北宋文學家，著有《小畜集》、《小畜集外集》、《五代史闕文》。他為人剛直，敢於直諫，因為曾經被貶謫到黃州（今湖北省黃岡市），得到「王黃州」的稱號。他的作品風格明白曉暢，有安貧樂道，開闊豁達的意趣。以下是他的散文名作《黃州新建小竹樓記》，供擴展閱讀。

　　黃岡之地多竹，大者如椽。竹工破之，刳去其節，用代陶瓦，比屋皆然，以其價廉而工省也。子城西北隅，雉堞圮毀，榛莽荒穢，因作小樓二間，與月波樓通。遠吞山光，平挹江瀨，幽闃遼，不可具狀。

　　夏宜急雨，有瀑布聲；冬宜密雪，有碎玉聲。宜鼓琴，琴調虛暢；宜詠詩，詩韻清絕；宜圍棋，子聲丁丁然；宜投壺，矢聲錚錚然：皆竹樓之所助也。

　　公退之暇，披鶴氅，戴華陽巾，手執《周易》一卷，焚香默坐，消遣世慮。江山之外，第見風帆沙鳥、煙雲竹樹而已。待其酒力醒，茶煙歇，送夕陽，迎素月，亦居之勝概也。彼齊雲、落星，高則高矣！井幹、麗譙，華則華矣！止於貯妓女，藏歌舞，非騷人之事，吾所不取。吾聞竹工云：「竹之為瓦，僅十稔，若重覆之，得二十稔。」噫！吾以至道乙未歲，自翰林出滁上；丙申，移廣陵；丁酉，又入西掖。戊戌歲除日，有齊安之命。己亥閏三月，到郡。四年之間，奔走不暇；未知明年又在何處！豈懼竹樓之易朽乎？幸後之人與我同志，嗣而葺之，庶斯樓之不朽也。

　　咸平二年八月十五日記。

金句學與用

昨日鄰家乞新火，曉窗分與讀書燈。

　　清明正是人們出遊踏青的好時候，可是對詩人來說「熱鬧是他們的，我甚麼也沒有」。詩人清貧困苦，好像窮僧人一樣，惟一符合節俗的行為也是為了更好地讀書用功，他的定力與毅力實在值得我們學習。

閒居初夏午睡起
二首·之一

宋　楊萬里

梅子留酸軟齒牙，
芭蕉分綠與窗紗[1]。
日長睡起無情思[2]，
閒看兒童捉柳花[3]。

註釋

1. 芭蕉分綠與窗紗：屋外芭蕉的綠色照映在紗窗上。
2. 無情思：精神低落，無所適從，不知道做甚麼好。
3. 捉柳花：捕捉空中飛舞的柳絮玩。

這首詩詞講甚麼？

梅子熟的時候，味道很酸，拿一顆來放在嘴裏，簡直能把牙齒酸倒。窗外的芭蕉綠綠的，映照在窗紗上，一片綠蔭。初夏白日較長，午睡後精神倦怠，閒來無事，正好觀看兒童追逐着柳絮玩耍。

讀完想一想！

1. 這首詩的作者藉着這首詩表達了夏日午後的甚麼情緒？
2. 描述你家周邊初夏的自然景象。

詩詞中的美景

　　初夏時節，梅子成熟，家家都趕上了梅雨。這個時候，池塘已被雨水漲滿。那青蛙也歡喜得在池塘邊上叫個不停。

　　那梅子，人人愛吃，人人要吃，因為過了這一陣兒，就沒得梅子吃了。水果營養豐富，但甜者居多，酸的可是極少。偏偏這梅雨時節的梅子，酸得可以。拿一顆來放進嘴裏咀嚼，差不多能把牙齒酸倒呢。

　　這時候，芭蕉也長成了，一串串的芭蕉果實掛在枝頭，實在又平添了一番豐收的趣味。芭蕉茁壯，那豐滿的蕉影映照在窗紗上，一片綠綠的陰涼，煞是好看。

　　白晝日長，初夏溫暖，使人倦怠，免不得要午睡。等詩人午睡起來，便覺得神思有些低落，情緒有點兒不佳，懶得去做甚麼。那麼，該如何打發這百無聊賴的午後時光呢？

　　初夏也值晚春時分，楊柳正熱熱鬧鬧地吐絮。柳花白白的，真是漂亮；輕飄飄的隨風起舞，忽而飄到東，忽而飄到西，忽而飛揚上高空，忽而團團轉，實在是奇妙的一景。

　　一群無憂無慮的兒童，就這麼追逐着柳花，蹦蹦跳跳地玩耍起來，興致好高喲。

　　童心未泯的詩人見到這樣的一幕，不由得開心了。他一面觀看着他們追逐柳花嬉戲着，一面回憶起自己小時候也曾這麼的玩耍過，不禁興奮得歡笑了。方才的愁悶也就一掃而光了。

詩詞小知識

　　楊萬里，字廷秀，號誠齋，諡號文節，吉水（今江西省吉水縣）人。他是南宋的抗金名士，與尤袤、范成大、陸游合稱南宋「中興四大詩人」。與歐陽修、楊邦乂、胡銓、周必大、文天祥合稱廬陵「五忠一節」。著有《誠齋集》。楊萬里寫了兩首同名的夏日閒居小詩，第一首寫他吃過梅子，看過芭蕉，午睡醒來觀看孩子們捉柳花玩；第二首他就從書齋走到了庭院中，和孩子們互動起來：

　　　　松陰一架半弓苔，偶欲看書又懶開。
　　　　戲掬清泉灑蕉葉，兒童誤認雨聲來。

日長睡起無情思，閒看兒童捉柳花。

　　初夏午覺睡醒，作者感到慵懶閒適。這時候不適合思考國家大事，仕途經濟，看看窗外院內的自然景色，看看兒童遊戲，能夠讓人的心緒平靜，且充滿生活情趣。

　　同學們在撰寫與日常生活瑣事有關的作文時，可以參考這種在平淡中捕捉細微鮮活細節的寫法。

三衢[1] 道中

宋 曾幾

梅子黃時[2]日日晴，
小溪泛盡卻山行[3]。
綠陰不減[4]來時路，
添得黃鸝四五聲。

註釋

1. 三衢：指的是衢州，因為當地境內有三衢山，因此用以指代。
2. 梅子黃時：即五月，這時候梅子變黃成熟。
3. 小溪泛盡卻山行：乘着小船到小溪的盡頭，然後棄舟登岸走山路。
4. 不減：沒有變少，差不多。

衢州這個地方，梅子成熟時天氣好，每天都是大晴天。詩人乘一葉小舟，沿着小溪瀏覽風景。到了小溪盡頭，再沿山路繼續步行。山上的樹木鬱鬱葱葱，濃蔭蔽日，和沿溪行時的密林綠蔭相似，而且更為稠密。密林裏傳來黃鸝歡快的鳴叫聲。

將這首詩擴寫為一段遊記。

詩詞帶我讀

詩詞中的美景

　　「黃梅時節家家雨，青草池塘處處蛙」，這是有名的詩句。說的是梅子成熟的時候，陰雨連綿，青草茂盛，青蛙也開始日夜叫聲不斷。

　　詩人所講的衢州的這幾天，雖然是梅子變黃熟透了的時候，卻是連日無雨的好天氣，日日大晴天，太陽也溫暖多了。

　　初夏，五月，這麼晴朗的日子很難得，憋在家中，豈不辜負了天公美意？於是詩人想外出遊覽一番。

　　他乘着一葉小舟，沿一條小溪，慢慢順流而下，一邊欣賞小溪兩旁的風光。溪流清澈見底，嘩嘩的向前奔流，本就十分令人歡愉。遠處山巒重疊，青翠可人。再加上小溪兩旁森森的林木鬱鬱蔥蔥，野草野花隨處生長，空氣清新，花朵芳香，詩人已經陶陶然醉了一般。

　　小舟行至溪流盡頭，詩人捨舟改為步行。這一帶為山路，蜿蜒曲折，古樹遮天蔽日，枝幹蒼翠，綠葉濃密。林中鳥兒更多，聽得見幾隻黃鸝歡快的啼叫聲由密林深處傳了過來，給寂靜的山林添了一份活力。

　　詩人深覺不虛此行，感喟於大自然奇特的魅力，初夏的幽趣不減春天的繁花盛開啊！

曾幾（1084 年－1166 年），字吉甫，自號茶山居士。贛州（今屬江西）人，中國南宋詩人，他非常推崇黃庭堅，被視為江西詩派的繼承者，著有《茶山集》八卷。

江西詩派是宋詩的一個流派，創始人為北宋的黃庭堅。這個詩派的成員大多為江西（宋代稱江南西路）人，因此得名。江西詩派是宋詩中的主流，看重錘煉字句，運用典故，主張獨創語言，反對庸俗，作品清新出奇。但也存在着過分講究形式技巧，典故過於生僻難懂，風格矯揉造作等問題。到了南宋，江西詩派四大家尤袤、楊萬里、范成大、陸游克服了江西詩派風格的負面影響，使宋詩得到進一步發展。

金句學與用

綠陰不減來時路，添得黃鸝四五聲。

濃密的綠蔭清爽悅目，更不用說樹林中還有黃鸝動聽的鳴叫，這一路的有聲有色，實在令人心情舒暢。來去綠陰不減意味着詩人遊興不減，還能注意到黃鸝助興，進一步說明了詩人愉快的情緒。

湖　上

宋　徐元傑

花開紅樹亂鶯啼，
草長平湖¹白鷺飛。
風日晴和人意好²，
夕陽簫鼓³幾船歸⁴。

註釋

1. 平湖：風平浪靜的湖面。

2. 人意好：人的情緒舒暢愉快。

3. 簫鼓：吹管樂器與鼓，這裏用來泛指樂器。

4. 幾船歸：有一些船歸去。

一樹的紅花，黃鶯紛紛啼鳴。西湖岸邊的綠草生長茂密。群群白鷺飛翔在平靜的湖面上。和風習習，天氣晴朗，人的情緒也舒暢。數條遊船上，人們吹簫擊鼓，歡樂而歸。

1. 嘗試整理一下詩人一日遊湖的行程。
2. 和朋友聊一聊你們自己的坐船遊湖經歷。

詩詞中的美景

　　西湖風景歷來聞名天下，俗話說：「上有天堂，下有蘇杭」。西湖四季美不勝收，絕非筆墨所能描述得出。

　　春季裏，桃花紅又紅，柳絲長長輕輕拂動。姹紫嫣紅，繁花怒放，爭奇鬥豔。西湖之水綠於藍，水光瀲灩，遊船游弋在湖面上。杏花雨，楊柳風，一年最美是春日。

　　夏季，西湖熱烈如火。古木濃蔭，遮天蔽日。拱橋之畔花木扶疏。遮天蓮葉無窮碧，映日荷花別樣紅。白雲悠悠，鳥兒歡鳴。

　　秋季，楓葉流丹，西湖又添了一襲火紅的顏色，淡妝濃抹總相宜。

　　冬季，皚皚白雪，銀裝素裹。斷橋殘雪，關乎傳說。葉葉小舟靜靜蟄伏，西湖四季風景異。

　　說完西湖四季景，單說說詩人描繪的春日西湖。

　　一樹樹的紅花盛開了，如雲似霞，爛漫多姿。黃鶯歡快地穿梭於樹木枝頭之間，爭相鳴叫着。

湖邊草叢簇簇，綠意盎然。湖水平和如鏡。水中沙洲，群群白鷺飛翔翩舞。

　　和風習習，吹面不寒。春雨細細，沾衣欲濕而不濕。陽光溫煦晴偏好，山色空濛，靈動剔透。遊人遊在畫圖中，心緒怎能不歡愉呢？

　　夕陽西下，看那幾隻小船，船上有人吹簫，有人敲鼓，滿載歡聲笑語地歸來了。

　　啊，西湖，你不是天堂卻勝似天堂！

詩詞小知識

　　杭州西湖是中國著名的風景名勝，並且西湖文化景觀在 2011 年列入世界遺產名錄。唐至五代以來，隨着中國古代經濟中心的南移，杭州的經濟社會地位變得重要，風光秀麗的西湖亦逐漸名聞天下，在五代吳越國和南宋兩個朝代迎來了定型和發展的高峰。唐代的白居易、五代吳越國國主錢鏐和北宋蘇軾等人，對西湖進行多次疏浚，才有了南宋定都杭州以後，見到的平湖如鏡，青山圍繞的美景。

金句學與用

風日晴和人意好，夕陽簫鼓幾船歸。

　　「夕陽簫鼓幾船歸」最後一句總結全詩遊覽的情境，把讀者的思緒引回到湖上，緊扣詩題，乾淨俐落，又留給讀者無限回味。傍晚太陽下山，人們盡興而返，但心中仍然對西湖美景眷戀不已。

　　我們在給遊記結尾時，亦可參照這類含蓄體現戀戀不捨之情的寫法。

春　暮

宋　曹豳

門外無人問落花，
綠陰冉冉[1]遍天涯[2]。
林鶯啼到無聲處，
青草池塘獨聽蛙[3]。

註釋

1. 冉冉：形容慢慢鋪開的樣子。
2. 天涯：天邊，這裏是形容綠蔭覆蓋的範圍之廣闊。
3. 獨聽蛙：只聽見蛙鳴。

這首詩詞講甚麼？

　　暮春時節百花殘，再也無人探問花的消息。無邊無際的樹木長勢茂盛，綠蔭蔽日。樹林裏黃鶯的啼鳴也聽不見了，只好獨自到池塘邊去聽那青蛙熱鬧紛雜的叫聲。

讀完想一想！

　　詩中出現「無人問落花」「啼到無聲處」等意象，但又描寫到鳥兒和青蛙的鳴叫聲，那麼這首詩的氛圍究竟是「安靜」的，還是「喧鬧」的呢？你的意見是怎樣的？

詩詞中的美景

　　美妙明媚的春天已經離去。萬紫千紅鬥芳菲的景象要等到來年才能再見到。

　　「打起黃鶯兒，莫教枝上啼」，「忽見陌頭楊柳色，悔教夫婿覓封侯」，這樣的閨中少婦傷感的詩句也過了時令了。

　　無邊無際的樹木春季裏萌發枝葉，現在棵棵都已成參天大樹，匯成一片片森森樹林了。廣闊大地上綠意葱蘢，濃蔭蔽日。

　　探春的興致都減退了，無人再關心花兒的消息。隨着初夏的降臨，天氣漸漸熱起來，眼看再過一陣兒，就要搖着芭蕉扇，躲到樹下的綠陰中去享受陰涼了。

　　黃鶯在春天林中歡快地整日鳴叫，如今也停歇了牠們動聽的歌聲。

　　詩人浪漫，賞玩春意是他們的情致所在。然而春已暮，夏又來，只有惜春待來年了。

　　可是，詩人總會尋覓到詩情畫意的，不然，他們的靈感由何而來，到哪裏去作詩呢？

　　那麼，春雨已經漲滿了池塘，夏日的雨水也頻頻降臨。池塘

邊上的草更是茂密蔥綠。習性愛水的青蛙也不甘寂寞。於是詩人走
到池塘，靜靜地聆聽蛙鳴。

　　數不清多少隻的青蛙，日夜不停地聒噪着。那蛙鳴雖不及黃鶯
的叫聲好聽，卻也是夏天的一大奇觀。遠遠近近，池塘邊，水稻田
裏，這邊停了那邊接續，一聲更比一聲高，合成一天的合唱，也算
得是音樂中的奇葩了。

詩詞小知識

　　曹豳，字西士，號東畎，一作東猷，溫州瑞安（今屬浙江）人。
他為官清正，敢於進諫，因此人們稱他是「嘉熙（南宋理宗用過的一
個年號）四諫」之一。曹豳雖然寫過很多詩歌、雜句、政治文章，但
最後流傳到今天的作品不多，《全宋詞》輯其詞二首，還有十餘首詩
和一篇文章，《春暮》這首詩被收錄進《千家詩》，古代小朋友學習
詩歌時，常常會讀到。

金句學與用

林鶯啼到無聲處，青草池塘獨聽蛙。

 這兩句的氛圍非常清晰自然，生動明快，體現出春末夏初繁盛熱鬧的景象，與前兩句花落綠葉滋長，幽靜安閒的惜春之句對比，為後人稱道。

有　約

宋　趙師秀

黃梅時節家家雨[1]，
青草池塘處處蛙[2]。
有約[3]不來過夜半，
閒敲棋子落燈花[4]。

註釋

1. 家家雨：每家每戶都在下雨，形容梅雨季到處都在下雨。
2. 處處蛙：到處都是青蛙跳躍鳴叫。
3. 有約：邀請友人。
4. 落燈花：讓燈花掉落。古代點油燈時，燈芯燒完了掉下來，就像花一樣，所以叫燈花。

江南的四、五月，是黃梅成熟的季節。此時陰雨連綿，家家都在梅雨中度過。池塘邊的青草長得更茂盛了。青蛙不停地在池塘邊叫。詩人約了棋友來下棋。深夜了，還未見來，只好自己輕輕地敲着棋子，看着蠟燭燃盡，落下最後一朵燭芯。

1. 讀這首詩，你覺得詩人約朋友來家裏做甚麼呢？
2. 你邀請朋友來家裏玩，等待他們的時候會做些甚麼？

詩詞帶我讀

詩詞中的美景

　　江南的春天美不勝收。那花兒紅，柳兒綠。春雨淅淅瀝瀝滋潤大地，和風吹拂不覺寒。一派生機盎然。賞花踏青，結伴出遊，最是一大快事！

　　但這四月和五月，便是暮春連着初夏時節，那花兒也謝了，樹木更加蒼翠，黃梅成熟了。於是黃梅雨就連綿不斷地下個不停。

　　家家都被這黃梅雨淋得苦不堪言。到處濕漉漉的，蘑菇趁勢滋生，那竹筍雨後愈發的生長起來，正是上桌的一道美食。

　　雨既繁多，原野上，田畝中，草兒便迅速地長高了，長密了，青翠欲滴。

　　池塘的水漲滿了，池塘邊的草自然也齊刷刷地猛躥。青蛙不甘寂寞，就勢在草叢中躥啊跳啊，發出聒噪的叫聲，此起彼伏，儼然一部大合唱似的，爭着把聲音叫得好大好高好遠。

　　這種天氣，詩人既不能出門，也被梅雨淋得心裏憋悶，就只好約友人來家中，小菜擺上幾碟，小酒喝上幾盅，然後就開始下棋。

這下棋，端的是件足不出戶就可以開心的好遊戲，也是消磨時光的好辦法。

　　可是這一日，詩人等了好一陣兒。興致勃勃的他，已經琢磨了好久，如何對付對方，把這幾局棋贏下來。

　　直到夜已深，還不見友人前來。這詩人胸中縱有千般絕招，也不能使將出來，那興致也就消失了。焦躁之餘，心中忐忑，又不得安睡。

　　於是他輕敲棋子，自己玩了起來。有節奏的棋子聲趕走了睡意。他看到，長長的蠟燭已快燃盡，看着看着，最後一朵亮亮的燭芯像朵小花似的落下來了。

　　在百無聊賴的梅雨季節的夜裏，詩人下棋不成，安睡不成，悵惘友人之不至。隨後詩興大發，就寫了這麼一首生活氣息濃郁的絕句，遂成千古絕唱。

詩詞小知識

　　趙師秀，字紫芝，號靈秀，亦稱靈芝，又號天樂。永嘉（今浙江溫州）人，是宋代宗室，宋太祖的後人。他雖然仕途不佳，但文學上頗有造詣，詩風學習姚合、賈島，擅長五言律詩，煉字精妙，音韻自然，風格清新，被譽為宋寧宗時期出身永嘉的四個著名詩人——「永嘉四靈」之冠。著有《趙師秀集》2 卷，《天樂堂集》1 卷，今天都已經散佚了。

金句學與用

黃梅時節家家雨，青草池塘處處蛙。

　　這兩句詩交待了詩歌撰寫的時間，以及當時的天氣與自然環境。不說梅雨天到處下雨，初夏天氣潮濕青蛙繁殖，而是用「家家雨」和「處處蛙」，將重點從氣候轉到雨和青蛙等實物，十分生動，如在眼前。而且通過疊字，這兩句詩讀起來的節奏感也非常美妙。

送　春

宋　王令

三月殘花落更[1]開，
小簷日日燕飛來。
子規[2]夜半猶啼血，
不信東風喚不回。

註釋

1. 更：再，又。
2. 子規：杜鵑鳥。

這首詩詞講甚麼？

暮春三月，花兒落了又再開。屋簷下的燕子天天都飛走再飛回。杜鵑夜夜啼鳴不止，直到啼血，牠不信自己這樣呼喚，不能喚來明媚的春天。

讀完想一想！

1. 這首詩中「燕子」和「子規」兩種不同的鳥，在詩中有甚麼樣的作用？

2. 你認為「不信東風喚不回」這句話，還體現了作者怎樣的一種心情？

詩詞中的美景

　　暮春三月，花兒落，這朵落了，那朵開。那楊柳，也在此時開始揚花，「陌上楊柳吹成雪」，楊花雪似的吹得滿天飛。

　　杜鵑花，也盛放了，鋪天蓋地，漫山遍野。那花，紅紅的，血似的。

　　屋簷下的燕子，盤旋飛舞，飛去又飛回。

　　一派春盡春未盡的時令。依然在吹拂的東風變得無力，夏天要到來了。

　　杜鵑就在三月啼叫，日日夜夜不停歇。

　　傳說杜鵑鳥是古代蜀王望帝幻化而成。暮春方才啼叫，日夜不停，直到啼血，仍不停。

　　望帝生時教化子民躬耕於田，年年豐收。冤死後依然記掛此事，於是發出那樣的叫聲：布穀，快快布穀。

　　杜鵑也就是布穀鳥，也稱作子規。

　　杜鵑口中血紅，古人以為牠因啼鳴不止而啼血，那血滴下來，

就把杜鵑花染紅了。因而有「杜鵑花發杜鵑啼，似血如朱一抹齊。應是留春留不住，夜深風露也寒淒。」

春是留不住的，這是自然輪迴。但杜鵑願意春就這麼走了嗎？

不是的，牠絕不願意。牠以為春走了就是走了，再也回不來了。於是牠拚命地哀啼，日夜不停地哀啼。

牠就是不相信，自己拚了命地沒日沒夜地啼叫，卻不能喚回東風，喚回春天，那百花盛放的妍麗的春！

有這樣的百折不撓，有這樣堅毅的信心，春是一定會回來的。不是嗎？

　　春夏之際，古人常常在晚上聽到杜鵑鳴叫。因為杜鵑喙的內部是紅色的，看上去像是流血，加上春夏鮮紅的杜鵑花盛開，就有了望帝死後化作杜鵑，啼血變成滿山鮮花的傳說。唐代詩人成彥雄寫道「杜鵑花與鳥，怨豔兩何賒。疑是口中血，滴成枝上花。」而杜鵑的叫聲被古人認為像是「不如歸去，不如歸去！」因此在一些描述鄉愁和流放經歷的詩中，杜鵑也成為常見的意象。

金句學與用

子規夜半猶啼血，不信東風喚不回。

　　詩詞中的杜鵑啼血這個意象，常常有着傷感淒涼的意味。但這裏作者卻借杜鵑鳥的執着，表現出努力進取、奮鬥的積極意義。

　　由此可以看出，同樣的一個意象，也可以通過寫作者的用心安排，呈現出不同的新穎寓意。

客中初夏

宋　司馬光

四月清和[1]雨乍晴，
南山當戶[2]轉分明。
更無柳絮因風起，
惟有葵花向日傾。

註釋

1. 清和：天氣清明和暖。
2. 南山當戶：正對着門戶的南山。

江南的四月，天氣清明，風和日暖。一場雨過去，天空晴朗無雲。正對着門戶的南山由雨中朦朧變得清晰，山色越加青翠。楊花落盡，不會再隨風到處飛揚，只有那葵花依舊向着太陽昂首挺立。

在本系列的前一冊中，我們讀到過「癲狂柳絮隨風舞，輕薄桃花逐水流」「楊花榆莢無才思，惟解漫天作雪飛」，這些詩句和本詩的最後兩句在寫作手法上有甚麼異同？

詩詞帶我讀

詩詞中的美景

四月的江南，時至暮春。天氣清明和暖。一場雨過去，天空晴朗，萬里無雲。

詩人家的門戶對面，正好是南山。雨中南山朦朦朧朧，迷茫一片，雨後就又清晰可見，山色越加青翠了。

前不久，正是楊柳吐絮的時候，柳花隨着風兒到處飛揚，癲癲狂狂惹人厭煩。而今清風習習，柳花卻已飛揚殆盡，再也不能漫天起舞，攪得周天不得安寧了。

那春季千種花兒盛開，爭相鬥妍的情景雖已落幕，可是牡丹依舊堂皇，芍藥仍然富麗，月季花朵朵妍麗，許許多多的花，怒放於初夏，乃至整個夏天直到深秋。花的生命力如此頑強，真令人心生敬畏之感。

然而，水陸草木之花，可謂種類繁多。所愛者各有不同，因人而異。只有葵花，忠心耿耿向太陽，矢志不變。這亦是詩人的永恆的志向。

　　司馬光，字君實，號迂叟，通稱司馬相公，陝州夏縣涑水鄉（今山西省夏縣）人，北宋文學家、史學家，世稱涑水先生，因為去世後追封溫國公，歷史上亦稱其為司馬溫公。司馬光歷仕仁宗、英宗、神宗、哲宗四朝，主持編纂了中國歷史上第一部編年體通史《資治通鑒》，著作有《司馬文正公集》《稽古錄》等。

金句學與用

更無柳絮因風起，惟有葵花向日傾。

　　以植物言志，已經是我們很熟悉的詩歌寫法。這兩句詩靈活運用了柳絮輕浮隨風飄動，以及葵花向日的生物特性，來抒發作者本人對內心抱負矢志不移的情感。我們寫作文時，可以用常見植物的特性，來抒情表意。

夏　日

宋　戴復古

乳鴨[1]池塘水淺深，

熟梅天氣半晴陰[2]。

東園載酒西園醉，

摘盡枇杷一樹金。

註釋

1. 乳鴨：剛破殼不久的小鴨子。

2. 半晴陰：天氣忽陰忽晴，指黃梅時節天氣多變。

鴨子不論池塘的水深或淺，都在裏面嬉戲遊玩。梅子熟時天氣忽晴忽陰。詩人和朋友在東邊小花園飲酒，又去西邊小花園採摘枇杷，一醉方休。

這首詩又被稱為《初夏遊張園》，你參觀過中國傳統園林嗎？如果有，請描述你的見聞。

詩詞中的美景

　　田園詩意的生活，多麼令人嚮往啊！

　　初夏時節，天氣熱起來了。草兒茁壯的鋪滿小花園。牡丹芍藥和月季盛開着朵朵豔麗的花。黃梅已成熟，酸酸的惹人愛。枇杷樹也結出了滿滿一樹的果實，金燦燦的，十分好看。

　　半陰半晴的天氣。忽而豔陽高照，忽而一片陰雲飛過來，於是嘩嘩的一陣雨，雨後天又晴。有時，東邊日出西邊雨，就是江南特有的五月。

　　東邊一個小花園，西邊一個小花園。詩人和他的朋友們經常去那裏遊覽。

　　這不，剛剛破殼的小鴨子，憨態可掬，居然也一群群地跳到池塘裏，悠然自得地暢游起來。

　　牠們充滿自信，全然不管池水深還是池水淺，只顧游啊游，嬉戲玩耍。小小生命在這一方池塘裏，那麼的快活！

　　如此美妙的風景，有趣的天氣，詩人哪裏在家坐得住？

他於是約了一幫好友，意氣相投、滿懷詩情畫意的幾個人，就一起拎着酒來到了小花園。

在東邊的小花園，他們賞玩一番芍藥牡丹，飲酒作詩。那梅子顆顆圓潤飽滿，形色味俱佳，自然進了詩人和友人們的腹中。

一口梅子一口酒，也是絕配。之後這一群人，又趁着酒興未足，走到西邊的小花園中。

西花園哪，松柏青青，松香陣陣。松下飲酒，又是一種情懷！

這裏還種植着不少枇杷，顆顆黃金球似的掛滿枝頭。這一干人，開始動手摘起了枇杷。彷彿回到了少年似的，在採摘之中體會到無窮的樂趣。也難怪啊，枇杷樹一樹的金光燦爛，哪裏禁得住去採摘它們的慾望呢？而且，這一摘，不大會兒，就全給摘光了。一樹的金色果實都不見了，只剩下一棵綠綠的只有枝條和葉子的樹了。那樹葉也落了一地。

幾人又痛快地邊飲酒邊食用了許多枇杷。這時候，詩人和朋友們差不多都醉了。

詩人學者歷來豪放不羈。他們怎能不知李白的《將進酒》呢？

> 君不見，黃河之水天上來，奔流到海不復回。
> 君不見，高堂明鏡悲白髮，朝如青絲暮成雪。
> 人生得意須盡歡，莫使金樽空對月！

詩詞小知識

戴復古，字式之，常居南塘石屏山，故自號石屏、石屏樵隱，天台黃岩（今屬浙江台州）人，南宋著名江湖詩派詩人。他曾從陸游學詩，作品受晚唐詩風影響，兼具江西詩派風格。部分作品抒發愛國思想，反映人民疾苦，具有現實意義。晚年戴復古總結一生詩歌創作經驗，以詩體寫成《論詩十絕》，著有《石屏詩集》《石屏詞》《石屏新語》。

江湖詩派是南宋後期的一個詩派，成員是一批下層官吏或者科舉落第的平民詩人，他們的詩歌由於被書商陳起收入《江湖集》，這個詩派就得名為「江湖詩派」。江湖詩派的風格學習唐詩，鄙棄仕途，抒發隱逸之情。

金句學與用

摘盡枇杷一樹金。

　　這句詩說明詩人與朋友遊園時初夏時節枇杷成熟。但作者沒有平鋪直敍，反而描述枇杷的金黃誘人，增添了視覺上的趣味。

即 景

宋 朱淑真

竹搖清影罩幽窗[1]，
兩兩時禽[2]噪夕陽。
謝卻[3]海棠飛盡絮，
困人天氣[4]日初長[5]。

註釋

1. 罩幽窗：竹子的影子在窗戶前搖曳，令光線幽暗。
2. 時禽：應季出現的鳥雀。
3. 謝卻：凋謝。
4. 困人天氣：初夏讓人慵懶的天氣。
5. 日初長：白天開始變長。

這首詩詞講甚麼?

窗前的竹子被風吹得搖搖擺擺,竹影蓋住了幽靜的紗窗。夕陽映照,窗外一對對的禽鳥聒噪着。海棠花已落,楊花也都飛得無蹤無影了。白晝漸長,使人感到困倦。

讀完想一想!

嘗試描寫一下你在春夏交替的時節身體和心理上的感受。

詩詞中的美景

春天是多麼美好啊！和風細雨，百花爭豔，萬木萌發。人們穿上春裝，精神煥發，踏青賞花正當時。

惜春春已去，留不住，明麗春光，卻迎來熱鬧的初夏。春光不再，詩人們要描述的應該是夏季的風物人情。畫家要繪畫的也當是森森林木，豔陽高照，大雨瓢潑這樣的自然景致了。

作者身居閨房。一日將盡，夕陽又大又圓，從西面山巒似落未落，映紅了半邊天，暮雲金光燦燦，甚為壯觀。

窗外的竹子搖搖晃晃，發出颯颯的聲響。陣陣清風穿過竹叢。竹影映照着幽靜的小窗。

窗外一對對的禽鳥也覺察到日頭將墜，黑夜即將來臨，興奮地爭相聒噪着。

庭院裏的海棠曾那麼嬌媚，開了一樹的花朵。如今都已萎謝，蓄芳待來年了。柳絮雖說暮春才漫天飛舞，佔盡了最後的春光，也一朵柳花都不見，只見那綠絲條般的柳條搖搖，悠閒而自得。

黑夜漸短，白晝漸長，夏季天氣轉熱。人們活動了一整天，黃昏時就覺得有些疲乏困倦，很想休息了。

　　作者日落時站在閨房窗前，面對夕陽、竹叢、禽鳥、海棠、柳樹，不由得感慨閨中寂寞，庭院清幽，鳥兒成雙，自己卻獨守空房。想着四季輪迴，韶光易逝，青春已去的無奈，不禁發出內心的感歎來，因而賦詩一首。其中：「困人天氣日初長」，遂為佳句廣為傳頌。

詩詞小知識

　　朱淑真，又作朱淑珍、朱淑貞，號幽棲居士，南宋女詞人，亦通書畫，約生活於南宋高宗、孝宗時期，因婚姻不幸憂鬱早逝。後人評價宋代女詞人，常常將李清照和朱淑真評為最佳。

　　明代畫家沈周在《石田集·題朱淑真畫竹》中說：「繡閣新編寫斷腸，更分殘墨寫瀟湘。」可見朱淑真的作品多描寫愛情生活，淒婉纏綿，有《斷腸詞》、《斷腸詩集》傳世。她留下的詞作中，有一篇《減字木蘭花》尤為膾炙人口：

減字木蘭花·春怨

獨行獨坐，獨唱獨酬還獨臥。佇立傷神，無奈輕寒着摸人。

此情誰見，淚洗殘妝無一半。愁病相仍，剔盡寒燈夢不成。

金句學與用

困人天氣日初長。

使人慵懶疲倦提不起勁的初夏，是白晝開始變長的時候。
這是一句很平實的話，但從作者的生平和她深居內院的女性
身份來看，天氣令她困倦，身處的環境亦困住她本人，見到
白晝漸長，心中的寂寞苦悶，也就透露在文字中了。

田 家

宋 范成大

晝出耘田夜績麻[1]，
村莊兒女各當家[2]。
童孫未解供耕織，
也傍桑陰學種瓜。

註釋

1. 績麻：搓麻線。
2. 當家：擔負家庭的重任。

白日走出家門到田裏耕耘，夜裏搓麻線織布。村莊的年輕人都要各自負起生活的重擔。小孩子還不懂耕種紡織的事情，也學習着在桑樹下種上幾棵瓜。

你小時候有模仿過大人們工作的場景嗎？你小的時候最喜歡扮演哪一個行業的工作人員？

詩詞帶我讀

詩詞中的美景

有詩云：「誰知盤中餐，粒粒皆辛苦？」

農家辛苦，如何辛苦，卻少有人真實的去體會。倘若沒有農家「春種一粒粟，秋收萬顆子」的勞作，那麼何來大家的豐衣足食？

且看詩人筆下的農家是怎樣辛勤地耕作、紡紗織布的。

日出，晨光熹微，又一天開始了。農人便肩扛農具，走出家門，去田間幹活。

春天他們翻整土地，播下種子；夏天他們除草、澆水、上肥；秋天莊稼成熟，他們田裏忙收割。終日汗流浹背，彎着腰，用兩隻手迎來豐收，使天下人得以溫飽。

日出而作，日落而息，無怨無悔，奉獻自己的血和汗。這是怎樣高尚的工作、怎樣勤勞的工作者啊！

再看農人的妻子，她們同樣的有時在田裏幹活，有時在家裏操持家務。當夜晚來臨，農夫們疲倦了，都休息了，她們又要坐在織布機前，用熟練的技術紡紗織布。人們穿戴的一針一線，都出自她們的雙手。多少個不眠之夜，多少個晨昏交替，她們都是這樣度過的。

「唧唧復唧唧，木蘭當戶織」，自古以來，就有歌頌婦女織布的詩句。多麼辛勞的農家婦女啊！

　　生於農家的兒女們，既無官宦可相投，又無貴戚可倚靠，只有日復一日，年復一年地耕耘紡織，藉以維持生計。他們個個勤勞，人人堅毅，早早的都學會了勤勞持家、節儉持家。

　　不過，官場的風雲變幻、仕途的險惡，也遠離了他們。他們也許貧窮，但也自有樂趣。

　　莎士比亞這麼說：「寧願做一個農夫，躺在樹蔭下，喝一杯葡萄酒，也不願做那操心受累的國王。」

　　農夫，他享受着溫暖的陽光，腳踩在土地上，與農作物打交道，最親近於自然。他喝的是泉水，吃的是自己耕作而來的糧食。他們心安理得，快樂自足。

　　看啊，農夫的兒童孫兒們，年齡尚小，不懂得耕耘織布是為了生存，是一件漫長而又必須的工作。

　　但他們幼小的心裏，卻覺得在田地裏勞動很有樂趣。於是，他們在田地農作物之間蹦蹦跳跳，跑來跑去，打着滾兒，撒着歡，沐浴着溫暖的陽光。還不夠過癮，他們就在桑樹下面的陰涼中，學習親手種了幾個瓜。多可愛的孩子啊！

詩詞小知識

　　和唐代的農家詩歌相似，宋代描述普通鄉村生活的詩詞，或是體現統治者壓迫下農民的悲慘生活，或是展現農人辛勤勞作的場面和日常生活的風俗。本詩屬於後一種，其情致與辛棄疾的一首小詞相似：

清平樂·村居
宋 辛棄疾

茅簷低小，溪上青青草。
醉裏吳音相媚好，白髮誰家翁媼？
大兒鋤豆溪東，中兒正織雞籠。
最喜小兒亡賴，溪頭臥剝蓮蓬。

金句學與用

童孫未解供耕織，也傍桑陰學種瓜。

　　天真無邪的小朋友還不懂得農作生活的艱難，但在玩耍間，也學着大人的樣子在幹活了。這兩句詩生動地描摹了鄉村兒童的形象，通過他們的活動，告訴讀者農民們的勤勞。

晚樓閒坐／鄂州南樓書事

宋　黃庭堅

四顧[1]山光接水光，
憑欄十里芰[2]荷香。
清風明月無人管，
並作南來一味涼[3]。

註釋

1. 四顧：向四周望。
2. 芰：菱角。這裏指菱角花。
3. 一味涼：一股涼意。

這首詩詞講甚麼？

夏天的夜晚好熱啊。詩人登上南樓眺望。月光照耀下，四面山巒的山色與江水的水光相連成趣，迷茫一片。倚着欄杆，十里菱花和荷花的芳香陣陣傳來。明月灑滿銀輝，清風徐徐由南而來，自然帶給詩人無比的清爽。

讀完想一想！

作者在本首詩中登樓乘涼，心中是甚麼感情？

詩詞中的美景

　　武昌的夏天好熱啊！夜晚依舊暑熱難耐。詩人覺得這樣的夜晚，難以入眠，不如到高樓上閒坐片刻，或許會涼爽些。

　　於是他登上湖邊的南樓。他發現今夜的月光格外明亮，山川都披上了銀色的輕紗。

　　他向四面眺望，那連綿起伏的群山，竟然也輪廓清晰，秀麗多姿。再把目光轉向湖水，只見水面微瀾，波光粼粼。那山色與水光連成一片，十分的壯觀，比起白日的景色，另有一番迷迷濛濛卻又分外柔和的動人之處。

　　他移步到欄杆前，雙臂依靠着欄杆，忽覺陣陣清香撲鼻。原來，是那欄外十里之廣的菱花和荷花的芳香隨風傳了過來。

　　此刻清風徐徐，甚是涼爽，惹人難眠的暑熱消失了許多。詩人深深地吸了口氣，渾身都感覺舒爽。

　　值此月明之夜，清風送爽，花香沁人。面對大好江山，胸中煩悶也付諸東流，心緒頓時開朗了起來。

　　想想這清風吹拂了多少年，這明月又照耀了多少年呢？

　　「清風明月本無價，近水遠山皆有情」，這不正是滄浪亭的對聯麼？那麼人世間的種種不如意，比起自然賜予的這些無價之寶，又算得了甚麼呢？

　　大自然的力量喲，不得不令人敬畏。

　　朗朗月明，凱風自南，淡淡馨香，山水一色。詩人夏夜憑欄遠眺，忽悟出那些個功名利祿，哪裏比得上清風明月的價值？悲喜哀樂，又哪裏值得我去牽腸掛肚，攪得六根不清淨呢？

　　覺悟至此，他方感覺天地之闊，萬里無疆。人心之渺小，螻蟻之見也。

　　他忽然醒悟到酷暑並不可怕了。因為今夜登樓向南而感悟到的一切，使他悟出了一輪佛理，竟使得他周身都平和了。

　　黃庭堅，字魯直，號山谷道人、豫章先生，晚號涪翁，洪州分寧（今江西九江市修水縣）人。北宋詩人、書法家，江西詩派祖師。黃庭堅書法為宋四家之一，但與其他三家擅長行書不同，黃庭堅擅長草書，被視為懷素、張旭之後宋代最重要的草書大家，還被明代的大書畫家沈周稱為「草聖」。他與張耒、晁補之、秦觀都曾習藝於蘇軾，並稱「蘇門四學士」。

　　黃庭堅的詩歌成就很高，與蘇軾並稱「蘇黃」，他主張襲用古人章句，將其稍作變化，增添韻文，或是模仿古人詩文，另出機杼。他的詩詞，對後世有相當大的影響。

金句學與用

清風明月無人管，並作南來一味涼

　　對黃庭堅來說，寫下這兩句詩的時候，他正在仕途不得意的時期，心中難免苦悶，但是他有着不亞於蘇東坡的豁達心胸，善於自我開解。清風明月無人管束，在天地間自由自在，還能給人帶來清爽的涼意。人也應當像它們一般，開闊胸襟視野，不為外界束縛。

責任編輯　楊歌
封面設計　鄧佩儀
排版　　　鄧佩儀
印務　　　劉漢舉

出版｜中華教育

香港北角英皇道 499 號北角工業大廈 1 樓 B 室
電話：(852) 2137 2338　傳真：(852) 2713 8202
電子郵件：info@chunghwabook.com.hk
網址：http://www.chunghwabook.com.hk

發行｜香港聯合書刊物流有限公司

香港新界荃灣德士古道 220-248 號　荃灣工業中心 16 樓
電話：(852) 2150 2100　傳真：(852) 2407 3062
電子郵件：info@suplogistics.com.hk

印刷｜美雅印刷製本有限公司

香港觀塘榮業街 6 號海濱工業大廈 4 字樓 A 室

版次｜2022 年 5 月第 1 版第 1 次印刷
©2022 中華教育

規格｜16 開（230mm x 170mm）

ISBN｜978-988-8760-98-5